Reinhold Rauh
Die Lieben der Lola Montez
in Zeiten des 2. Amerikanischen Bürgerkriegs

AF192307

Dr.Reinhold Rauh, lebt und arbeitet in Süd-Korea, Autor der Biografie *Lola Montez. Die königliche Mätresse* (*Heyne*) und Mit-Herausgeber von *Ludwig I. und Lola Montez. Der Briefwechsel* (Prestel), Autor von vielen weiteren Büchern und Aufsätzen aus dem Themenbereich Film und Filmgeschichte.

Reinhold Rauh

Die Lieben der

Lola Montez

in Zeiten des 2. Amerikanischen

Bürgerkriegs

Roman

Rauh, Reinhold:
Die Lieben der Lola Montez in Zeiten des 2. Amerikani-
schen Bürgerkriegs
© Reinhold Rauh 2016
Design by Design Flow
Herstellung und Verlag: BOD - Books on Demand,
Norderstedt
ISBN: 9783839185278

Sie wird sicherlich jedem Unglück bringen, der sein Schicksal zu eng mit dem ihren verbindet. Sollte man je wieder etwas über sie hören, wird es gewiss im Zusammenhang mit einem fürchterlichen Unheil sein, dass über einen ihrer Geliebten gekommen ist.

Alexandre Dumas, der Ältere, über Lola Montez, 1845

Wir sind alle die gleichen

1

Wie der schwarze Schmetterling in sein Zimmer gekommen ist, weiß er nicht, aber es irritiert ihn, wie er jetzt unter der weißen Decke herumtaumelt, und er kann sich nicht mehr auf das Geschehen im Fernsehen konzentrieren. Stattdessen folgt sein Blick dem Schmetterling - wie er auf das geschlossene Fenster zusteuert und dagegen prallt, wie er vom Gleißen angelockt, für ein paar Sekunden vor dem Bildschirm auf und ab flattert, und wie er schließlich das helle Licht sucht, das von der halboffenen Eingangstür hereinfällt, um dort unsichtbar zu werden.

Er konzentriert sich wieder auf den Fernsehschirm - so gut ihm das möglich ist.

„Pas du tout!" hört er von dort eine Frau. Ihre blauen Augen sind undeutlich hinter einem weißen Hutschleier auszumachen.

Ein Luftzug geht durch das Appartement, und die Tür öffnet sich knarrend um ein kleines Stück. In die leiser gewordene Filmmusik hinein meint er deutlich panisches Auf- und Zuklappen der Schmetterlingsflügel zu hören. An der Wand mit dem Foto einer Frau im Plastikregenmantel irrt das Insekt auf und ab. Schließlich lässt es sich darauf nieder und klappt die Flügel ein und aus.

„Ah, vous ne parlez pas l'allemand ! Vous venez de la France!" sagt in diesem Moment ein älterer Herr im Fernseher.

„Non, ich bin Spanierin!" antwortet die Dame.

Auf dem Flachbildschirm sind vom Innenraum einer Kutsche heraus Bäume und Sträucher im Nebel zu sehen.

Die Musik vom Fernseher ist noch leiser geworden, und draußen von der Straße ist erst das Klirren und dann das Explodieren eines Molotov-Cocktails zu hören.

Im selben Moment flattert der Schmetterling wieder auf. Erst scheint er direkt auf ihn zuzukommen, fliegt dann aber in Richtung auf eine Kalligraphie links neben ihm weiter.

Die Frau auf dem Bildschirm führt ein Streichholz zu ihren Lippen, um eine Zigarette anzuzünden. Vom Kopfende des Streichholzes zischen grüne und gelbe Flammen auf.

Vom schwarzen Schmetterling, der sich auf den breiten Tuschstrichen der Kalligraphie niedergelassen hat, ist nichts mehr zu sehen.

2

Zwei stämmige Rosse, Schaum quillt aus ihren Mäulern, und Schweiß dampft von ihren Rücken, ziehen eine schwarzgelbe Postkutsche. Schemenhaft sind Sträucher und Bäume zu sehen, die sich außen im Fensterglas der Kutsche wiederspiegeln. Dahinter kann man die ultramarinblauen, von einem Schleier verdeckten Augen einer Frau ausmachen.

Im dunklen Inneren der Kutsche ist ein Pfarrer zu

sehen, der seinen Katechismus mit beiden Händen bis zu seinen Knien gestreckt hat. Sein Blick schweift über den oberen Bücherrand hinüber zu den Händen der Frau. Schweißperlen treten ihm auf die Stirn, seine Miene wirft Falten, er wischt sich über die Stirn und senkt den Blick wieder hinunter in den Katechismus.

Der milchbärtige Student mit dem Käppi, neben ihm, richtet den Blick nach unten - dahin, wo der in schwarzem Leder glänzende Fuß aus ihrem schwarzen Baumwollrock herausragt. Er folgt den Faltenlinien ihres Rocks nach oben zur Hüfte, ruckt Stück für Stück an der Knopfreihe der taillierten Jacke hoch, bis er bei ihrem schwarzen Haar angelangt ist, das sich auf ihrem Rüschenkragen ringelt. Die Haut ihres Halsansatzes ist zu sehen, das unter dem Hutschleier auszumachende Kirschrot ihrer Lippen, die pfirsichroten Wangen...

... und der strafende Blitz aus ihren ultramarinblauen Augen!

Kolkraben fliegen träge in den Morgenhimmel hoch.

Rechts neben der Frau überläuft die beleibte Gestalt des noch im Halbschlaf befindlichen Herren ein leichtes Zucken. Er reißt den Kopf nach oben. Die Augen öffnen sich, und binnen kurzem setzt er eine entschlossene Miene auf. Um Würde bedacht zupft er am Kragen seiner Jacke, klopft den Zylinder aus und rückt ihn auf dem grauen Haar zurecht.

Er setzt ein aufmunterndes Lächeln auf und sagt zu seiner Nachbarin: „Madame! Gestatten: Baron von

Spessart!"

Keine Reaktion.

„Baron von Spessart!!"

Keine Reaktion.

„Schöner Morgen, heute?!"

Immer noch keine Reaktion.

Die Frau blickt starr aus dem Kutschfenster zur Chaussee hinaus. Die Bäume werfen in der tief stehenden Morgensonne lange Schatten.

„Finden Sie nicht auch?!"

Plötzlich sagt die Frau: „Pas du tout!"

„Ah, vous ne parlez pas l´allemand. Vous venez de la France?" ruft der Baron und lüftet höflich den Zylinder.

„Non!! Ich bin Spanierin!!!"

„Aaaaaaah, Espagnol!!"

Die Frau schaut wortlos zum Fenster hinaus.

„Ich liebe Spanien: El Greco! Murdillo! Der Prado!"

Die Dame sagt keine Silbe.

„Ludwig ist auch ein Bewunderer von Spanien!"

Schweigen.

„Ich habe mich oft mit ihm darüber unterhalten."

„---Siiie kennen Ludwig!?" stößt sie hervor.

„Oh, ja! Ludwig war schon immer ein großer Bewunderer von Spanien. Ich kenne ihn von Jugend an."

Der Priester hält den Katechismus auf seinem rechten Knie fest und fixiert mit seinen Fischaugen erst den Baron, dann die Dame.

„Madame, darf ich Sie fragen, Madame, was Sie nach

Bayern führt?"

„Nichts! Ich fahre nach Wien!"

„Ah, Wien?"

„Oui, Wien!"

Sie greift zu ihrer perlmuttbestickten Tasche, nimmt mit der Linken eine Zigarette heraus, steckt sie in ein Mundstück, schlägt den Gesichtsschleier über die Krempe ihres Zylinderhuts zurück und führt die Zigarette zu ihren Lippen. Mit der Rechten reibt sie ein Streichholz am Holzrahmen des Kutschfensters.

Der Katechismus purzelt zu Boden.

Grelle gelbe und grüne Flammen zischen vom Kopfende des Streichholzes auf, die Zigarettenspitze leuchtet glutrot.

„Darf ich mich Ihnen vorstellen!" ist aus dem sie einhüllenden Zigarettenqualm heraus zu hören: „Maria de los Dolores Porris y Montez - oder kurz: Lola Montez!"

3

Der schwarze Schmetterling fliegt vor der rot glühenden Zigaretten-Spitze der Frau im Fernseher auf und ab, prallt immer wieder gegen das Glas des Flachbildschirms. Kurz verschwindet er im Glänzen und Glitzern der überall auf dem Tatami-Boden verstreuten Glasscherben, um doch wieder im hellen Licht auf-zutauchen. Er prallt gegen die Fensterscheibe, schlägt drüben im Buchregal seine Flügel auf und zu und gaukelt im Zickzack-Kurs wieder hinauf zur weißen Decke.

4

In sirrender Hitze halten schwitzende Mägde auf einer frisch gemähten Wiese in ihrer Rechenarbeit inne, wie sie von weit her über die Stoppelfelder das Peitschenknallen des Postillons hören. Am Wegrand richten Rinder ihre großen, massigen Lei- ber auf, galoppieren ein paar Meter weiter, bleiben unvermittelt stehen und stieren zur Kutsche, wie sie vorbeipoltert, -knarrt und -kracht. Der kleine, in Fetzen gekleidete Hütjunge am Wegrand bettelt die Passagiere mit ausgestreckten Armen an. Ein kleiner Hund rennt bellend der Kutsche nach, die dicke Staubwolken nach sich zieht.

„Monsieur, le Baron" sagt Lola, nimmt einen tiefen Zug aus ihrer Zigarette und bläst den Rauch ins Kutscheninnere: „Sie sagten, Ludwig wäre so gebildet."

„Oh, man kann sagen, Seine Majestät, der König, ist der gebildetste unter allen deutschen Monarchen. Er spricht fünf Sprachen. Er schreibt Gedichte. Er liebt die Kunst und die Künstler" antwortet der Baron.

Er mustert das efeuumrankte Stadttor, vor dem die Wache die Schranke mit militärischem Gruß hochzieht.

Die Hufe der Rosse hallen auf dem Marktplatz wider, wo Bäuerinnen Milch, Käse, Butter, Obst und Branntwein auf dem Kopfsteinpflaster anbieten. Bürger- lich gekleidete Frauen, den Sonnenschirm aufgespannt, ruckeln mit ihren Mägden in der vormittäglichen Hitze am Kutschfenster vorbei.

Lola wendet sich dem Baron zu: „Ja, ich habe schon vieles über König Ludwig gehört. Monsieur Liszt, mit dem ich in Dresden das Vergnügen hatte, war ein großer Bewunderer ihres Königs!"

5

Das Erste, was ihm zu ihr einfällt, ist ein schwarzer Mini-Rock. Die erste Erinnerung ist dieser vulgäre, altmodische Mini-Rock, der direkt in seiner Augenhöhe ihre nackten Beine bis zur Mitte der Oberschenkel frei ließ.

Das Zweite war ihr madonnenhaftes Gesicht, das zwar europäisch wirkte, dem aber durch die schmalen Augen und die kurze Nase etwas rätselhaft Asiatisches eingeschrieben war.

Andere Details - die von langen schwarzen Haaren eingerahmten schwarzen Augen, ein kurzes Nicken ihres Kopfes, ein aufmunterndes Lächeln, mit dem sie ihre Handgeste zum freien Fensterplatz neben ihm begleitete, und schließlich ein weiteres kurzes Nicken, mit dem sie dafür dankte, dass er sie zum Fensterplatz rechts neben ihm durchgelassen hatte – kommen später.

Es war nur ein kurzer Inlands-Flug gewesen. Nach dem Start beschäftigte sie sich zumeist damit, in einer englischsprachigen Tageszeitung herumzublättern, auf deren Titelseite in großen Lettern zunehmende Spannungen zwischen den amerikanischen Süd- und Nordstaaten gemeldet wurden. Ab und zu blickte sie durch das Kabinenfenster auf die kleinen Wolkenbäusche hinunter, die über das gebirgige Land zogen. Er selbst kramte ein paar Fotos aus einem Briefumschlag und tat so, als ob er sie konzentriert mustern würde. Als das Licht zum Anschnallen der Sitzgurte aufleuchtete, und die Stewardess die letzten leeren Pappbecher, Dosen und Flaschen einsammelte, griff die Frau im schwarzen Minirock in ihre kleine Umhängetasche und kramte Zigarettenschachtel und Feuerzeug heraus.

Sie nahm eine Zigarette aus der Schachtel und zündete sich die Zigarette mit dem Feuerzeug an.

Nachdem sie den Rauch tief eingesaugt und dann ausgepustet hatte, sagte sie zu ihm: „Do you mind...?"

„Okay, okay!" sagte er.

Da stand die Stewardess über ihnen, fuhr mit ihrer Hand zum rot durchgestrichenen Zigarettenzeichen an der Kabinendecke und kommandierte: „NO SMOKING, PLEASE!! NO SMOKIING!!!"

Die Passagiere im Flugzeug zuckten zusammen.

Die Nachbarin im schwarzen Mini-Rock lächelte erst ihn, dann die Stewardess an, blies eine Nikotinwolke in Richtung Stewardess, schlug das linke Bein über das rechte, klappte den blitzblanken Aschenbecher in der Armstütze auf und drückte ihre Zigarette aus.

Die Kutsche fährt in einen von einem Kastanienbaum überschatteten Hof. Dutzende von Hühnern stieben laut gackernd nach rechts und links auseinander.

„Brrrrrrr" macht der Postillon, steigt vom Kutschbock und öffnet den Verschlag der Kutsche für seine Fahrgäste.

„Meine Herrschaften, die Sie mit der Post von Ulm nach Augsburg fahren, haben Sie die Güte auszusteigen! Pferdewechsel!"

Aus der geöffneten Kutschtür ziehen dicke bläuliche Zigarettenrauchschwaden.

Dann ist das puterrote Gesicht des Pfarrers zu erkennen, der den Katechismus fest an sich drückt. Hinterdrein der hustende Student und Baron von Spessart, der jovial einige Worte ins Innere der Kutsche richtet.

Schließlich entsteigt Lola Montez dem Tabaknebel.

Unter vielen Bücklingen geleitet sie der Wirt in die dunkle Wirtsstube, wo sie neben dem Baron an dem einen freien Tisch Platz nimmt. Der Pfarrer und der Student nehmen mit dem anderen Tisch bei den zwei Männern vorlieb, die aus langen Keramik-Pfeifen Tabak schmauchen.

„Monsieur, wenn der König die Kunst liebt, dann liebt er doch auch den Tanz?" fragt Lola.

„Oh ja, ganz besonders den Tanz. Und er hat ein edles Gemüt. Und -", Baron von Spessart schiebt einen großen

Bissen Knödel in seinen Mund, schluckt ihn hinunter und wischt sich über die Lippen: „- und er liebt die schönen Frauen."

Lola nippt an ihrem Weinglas. „Glauben Sie, es ist möglich, für eine arme Fremde, wie mich, in München auf der Bühne zu tanzen? Ich habe noch etwas Zeit. Ich kann später nach Wien weiterfahren."

„Madame!!! Sie sind Tänzerin! Merveilleux! Warum haben Sie das nicht gleich gesagt??"

„Ach, ich bin nur eine kleine Tänzerin. Ich tanze die Tänze meiner geliebten Heimat. Fandango, Cachucha. Gibt - gibt es in München ein gutes Theater?"

„Das Hoftheater ist weltberühmt!! Carlotta Grisi, Lucille Grahn, die göttliche Maria Taglioni! Ein kleines Empfehlungsschreiben...", nun fasst er wie ein gütiger Vater zu ihrer rechten Hand, die sie ihm entzieht, um mit der Gabel einen Bissen Sauerkraut aufzuspießen, „...und die Bewunderung ganz Münchens gehört Ihnen."

„Wer kann so ein Empfehlungsschreiben ausstellen."

„Ich!"

„Oh, wirklich?"

„Für Sie, Madame", er schlingt ein Stück geräuchertes Fleisch hinunter, „ist mir nichts zuviel", und fasst nach ihrer linken Hand, die sie ihm jetzt willig überlässt. Er wischt sich noch einmal mit der Serviette den Mund ab und nimmt einen langen Schluck Bier.

In der zur Gepäckabfertigung drängelnden Menschenmasse konnte er sich nicht anders helfen, als auf den
schwarzen Rock vor ihm zu starren, der sich eng über das
Fleisch ihrer Hüften spannte. Der Rock zog ihn an den
steinern lächelnden Stewardessen vorbei in die engen
Zubringerkorridore hinein und zu einem endlos langen
Gang hinaus, bis er wieder neben ihr zu stehen kam, um
neben dem Förderband nach seinem Koffer Ausschau zu
halten.

Genau in dem Moment, als das Förderband anlief,
hörte er ihre helle energetische Stimme.

„Sie sind deutsch?" fragte sie.

Kein einziges Wort hatte er die ganze Zeit zu ihr
gesagt.

„Wie wissen Sie das?"

„Ich wohne in Deutschland! Man sieht es Ihnen an.
Sie lachen nicht."

„Kommen Sie aus Amerika?"

„Yes! Aber ich wohne schon eine lang Zeit in
Deutschland!"

„Darf ich mich vorstellen? Friedrich, Felix Friedrich!"

„Nice to meet you! Wie kommen Sie denn hierher?"

„Ich mache Fotos!"

„So?!"

„Mein Koffer kommt!"

„Sie müssen die Kertész-Ausstellung besuchen, wenn

Sie schon hier sind!"

„Oh ja, Kertész!? Seine New York-Fotos. Diese klaren Linien!" fiel ihm ein, und dann fragte er noch: „Wie lange sind Sie denn schon hier?"

„Ich habe selbst ein Foto von Kértesz in meinem Schlafzimmer" antwortete sie. „Ich glaube, ich verstehe, was sie mit seine klare Linien meinen."

„Ja, Kértesz und Stieglitz, wissen Sie, sie gehören zu meinen Lieblingsfotografen!" log er.

Sie griff zu einem kleinen Schminkköfferchen und sagte: „Mein Gepäck!"

„Vielleicht sieht man sich mal wieder."

„Vielleicht!" antwortete sie, kramte eine Visitenkarte aus der Handtasche, schrieb ihre Hotel-Telefon-Nummer darauf und gab sie ihm.

„Liza Gilbert!" las er laut vor sich hin. „Schauspielerin!?"

Sie drehte sich um, sagte noch „Ja! Ich mache hier einen Dreh!" und trippelte eilig dem Ausgang zu.

8

Über die Kutschrösser hinweg ist die Fassade eines spitzgieblichen, aus einfachen Holzbrettern gezimmerten Gebäudes auszumachen. Das Gewirr aus Hauben, Sonnen- schirmen, Stahlhelmen und Zylinder davor kommt näher und immer näher - vornehme Herren mit Gehstock und halblangem Frack, Damen in weiten, faltenreichen Kleidern, blau uniformierte Kürassiere.

Hinten, bei der leeren Diligence-Kutsche, steht eine Gruppe von Frauen in weiß-roten, stark taillierten Dirndl-Kleidern, die Haare kranzartig um den Hinterkopf gesteckt. Die eine hat gerupfte Hühner in ihrem Korb, die andere rote Äpfel, die dritte dunkelblaue Zwetschgen.

Ein fauchendes Schnauben ist zu hören.

Die drei Frauen schlagen entsetzt die Hände vor den Mund.

Der Postillon macht „Brrrr!, kratzt sich skeptisch am Kopf, steigt vom Kutschbock und öffnet die Tür zur Kutsche.

Zigarettenqualm schlägt ihm entgegen.

„Meine Herrschaften, die Sie mit der Post von Ulm nach Augsburg gefahren sind, haben Sie die Güte auszusteigen. Wir sind am Eisenbahnhof Augsburg!"

Ein angedeuteter Bückling, als sich der Student von ihm mit einem „Vergelt's Gott!" verabschiedet. Wie die Dame und der Baron aussteigen, beugt sich der Postillon tief nach unten und nimmt das Trinkgeld des Barons entgegen: „Wünsche sehr, dass die Herrschaften eine angenehme und sichere Weiterreise haben werden!" Zum Schluss steigt der durchgeschwitzte Pfarrer aus und segnet mit seiner Rechten schnell den Postillon.

Den Rock nach oben gerafft, marschiert Lola Montez in das verrußte Innere des Bahnhofs-Gebäudes.

Kutschenartige, zweiachsige Eisenbahnwaggons sind auf stählernen Schienen hinter eine schwarze Lokomotive mit haushohem Kamin gespannt. Der Maschinist wirft Holz und Steinkohle in das Feuer, das in einem Kessel lodert. Schwarzer Rauch qualmt nach oben, Wasserdampf zischt nach unten. Es pfeift, faucht, prustet und schnaubt.

Lola hält die Ohren mit ihren Händen zu und geht zu einem langen Holztisch, hinter dem ein rotbefrackter Eisenbahnbediensteter mit Jockei-Mütze thront.

„Erste Klasse nach München!"

Der Mann im roten Frack raschelt in seinen Listen, schreibt penibel etwas mit dem Gänsefederkiel zu seinen Akten, bevor er ihr endlich ein Billett gibt. „Einmal erste Klasse nach München. Bitteseeehr! Würde gnädige Frau bitte noch die Geduld haben, im Wartesaal auf die Erlaubnis zum Besteigen der Wagenzüge zu warteeen!"

Lola steckt das Billett in ihre Tasche und geht direkt auf den nächstbesten Eisenbahn-Waggon zu. Sie hat schon die Klinke des Wagenschlags in der Hand, als es „Halt!! Zurücktreten!!!" donnert. Ein rotbefrackter Kondukteur greift mit seinen schwarzbehaarten Händen ihren Arm und reißt sie zurück.

„Was erlauben Sie sich! Bâtard!! Fassen Sie mich nicht an!!!"

„Is´ verboten, in die Wagenschläge einzusteigen, bevor das zweite Glockenzeichen nicht erfolgt ist! Begebn sich sofort in den Wartesaal!"

„Monsieur, je suis Maria de los Dolores Porris y Montez! Wie können Sie es wagen!!!?"

„Muß Sie bittn, den Bahnsicherheitsvorschriften des Eisenbahndirektoriums Augsburg Folge zu leistn! Das erste Glockenzeichn ist erst...", er schaut auf seine Taschenuhr, „...vor genau neun Minutn erfolgt. Sie müssn noch eine Minutn wartn, bis Sie in den Wagenzügn Platz nehmn können. So is es Vorschrift."

„Hélas, was interessiert mich Ihre Vorschrift!! Ich bin Maria de los Dolores Porris y Montez. Niemand macht mir Vorschriften!!"

Sie will mit ihrer Rechten zu einer Ohrfeige ausholen. Genau in diesem Moment ist Baron von Spessart hinter ihr und hält ihre Hand mit festem Griff zurück. Lola wendet sich erstaunt zum Baron um und lässt schließlich auch die Linke sinken, die ebenfalls zum Schlag erhoben war. Unentschlossen, immer noch bebend vor Zorn, wirft sie einen giftigen Blick auf den Kondukteur.

Der zweite Glockenschlag ertönt.

9

Er starrt zum Fernsehschirm, dann zur weißen Decke, an der der Schmetterling wieder seine schwarzen Flügel auf- und zuklappt.

Unter normalen Umständen hätte er den Schmetterling zum Fenster hinausgescheucht. Jetzt kann er, selbst wenn er möchte, nicht einmal einem Schmetterling etwas zuleide tun.

Die Beine weit und wie leblos von sich gestreckt, fährt er mit der Linken durch sein Haar, um zum dicken Mullverband zu tasten, der dilletantisch um seinen nackten Oberkörper gewickelt ist. Er ziept daran herum, prüft, ob er hält. Die andere Hand, notdürftig und dick verbunden, liegt wie ein Fremdkörper auf seinem Schoß.

Er versucht wieder, sich auf den Fernseher zu konzentrieren. Aber mehr und mehr schieben sich die Bilder aus der Vergangenheit dazwischen. Zuerst waren es noch einzelne bunte Bilderschemen gewesen, wie von Weichzeichnern geschönt. Dokumentarfilm-Rostbraun hatten sich ganze Szenen aus den letzten Monaten dazwischen geschoben. Und klar wie in Technicolor kann er nun zusehen, wie es soweit hat kommen können.

10

Während der Busfahrt vom Flughafen zur Innenstadt hatte er die Zeitung nach den Weltnachrichten durchgeblättert.

Nachdem Texas bisher nur gedroht hatte, sich von den Vereinigten Staaten zu lösen, machte der Bundesstaat jetzt Ernst. Überraschenderweise hatte sich jetzt aber auch New Mexico mit Texas verbündet. Die amerikanische Bundesregierung konzentrierte dagegen immer größere Militäreinheiten in Louisiana und Oklahoma.

Er wischte den Wasserdampf von der Innenseite des

Busfensters. Alte, im First tief nach unten gebogene blaue, grüne und rote Dächer wischten draußen im Nieselregen vorbei, Container-Wohnungen, auf denen oben nassklamme Wäsche zum Trocknen aushängt war, dann brüchige Hütten mit aus Betonziegeln gemauerten Gartenmauern, dazwischen piekfeine Bürohochhäuser, die mit altgriechische Marmortempelfassaden oder goldverzierten Portalen protzten, und immer wieder zehnstöckige, zwanzigstöckige, dreißigstöckige Appartementhäuser, die zu Hunderten in die niedrig stehenden Wolken hineinstießen. Ein Gewirr aus schwarzen Telefon- und Stromleitungen verband wahllos von Mast zu Mast Alt und Neu, Schmutzig und Gelackt, Farblos und Bunt.

Innenpolitisch war zu melden, dass es wieder große Studentenunruhen gegeben hatte, die gestern die ganze Innenstadt lahmgelegt hatten.

Draußen konnte er Abertausende von Autos sehen, die sich wie eh und je auf der achtspurigen Stadtautobahn stauten. Ein paar versuchten ihr Glück in schmalen Gassen oder gleich auf dem Trottoir. Und wie eh und je drängten sich Zehntausende und Hunderttausende von Menschen unbehindert von Riot Police und Demonstranten in die Einkaufspaläste und Fußgängerzonen.

Im Kulturteil wurden einige neue Filme besprochen, aber er konnte nichts über spektakuläre internationale Ko-Produktionen und schon gar nichts über amerikanisch-deutsche Schauspieler-Stars finden.

Lola und der Baron sitzen sich am Fenster eines Eisenbahnwaggonabteils gegenüber. Ein mit blauem Rock, kurzer Lederhose und weißen Wadenstrümpfen gekleideter Mann steigt durch die offenstehende Waggontüre zu. Seine Frau, in einem seidenen Festtagsjanker herausgeputzt, mit Goldborten geschmückt, folgt. Beide lassen sich Lola und dem Baron gegenüber nieder. Zwei vornehme Herren drängen sich in Begleitung ihrer Damen auf die übrigen mittleren Plätze.

Der Kondukteur tritt vor die offene Wagentür, kontrolliert nacheinander die Billets, um schließlich von außen die Verschläge zuzusperren.

Eine Glocke bimmelt, und ein Ruck geht durch den Zug.

Der Kondukteur bläst in ein Horn. Die mannshohe Signalpfeife vorn an der Lokomotive antwortet ihm mit einem schrillen Pfeifton. Aus dem Schornstein prusten dicke schwarze Wolken.

Lola nestelt nervös an einem Knopf ihres Kleides, während der Baron gelangweilt über die Felder und Wiesen vor der Stadt schaut.

Die eine Dame krallt sich am Oberarm ihres Kavaliers fest.

Die andere Dame presst ihre Finger zusammen.

Die Bäuerin hat die Hände vor das Gesicht geschlagen.

„Stell dir vor, Marie", meint der eine Herr zu seiner

Dame, „in einer Stunde sind wir schon fünfunddreißig Kilometer weiter. Diese Schnelligkeit!" „In dreieinhalb Stunden von Augsburg nach München! Unfassbar!" kommentiert der andere Herr. „Die Eisenbahnen sind eben in unserer Zeit das, was die Buchdruckerkunst im 15. Jahrhundert war! Gerade 300 Jahre ist es her! Sie bereiten einen völligen Umschwung im sozialen und kommerziellen Leben vor!"

Die Bäuerin lugt zwischen den Fingern ihrer Hände hindurch, die sie langsam nach unten zieht und vor den Mund hält. Vorsichtig schaut sie nach rechts zum Fenster hinaus. Ganz langsam rückt ihr Kopf noch näher zum Fenster.

Jetzt sieht sie direkt zum Bahndamm hinunter.

„Wie wahr, wie wahr!" sagt der erste Herr.

Das Signalhorn schrillt. Steine und Büsche wischen vorbei. Gräser und Kräuter verwandeln sich in schwarze, weiße, grüne und gelbe Striche. Die rote Fahne eines militärisch stramm stehenden Bahnwärters, ganz nah beim Bahndamm, wird zu einem roten Blitz, als ihn der Zug passiert. Ein vom Bahndamm weiter weg stehender Hütjunge wird von einem nah an den Geleisen stehenden Häuschen verschluckt. Dann verlässt der Zug den festen Boden, schwingt sich in die Luft und fährt auf einer eisernen Brücke über einen Fluss.

Die weißen Wasserschnellen schäumen direkt unter der fauchenden Lokomotive.

Die rast am anderen Ende des Ufers direkt auf einen

Berg zu und mitten durch ihn hindurch.

Es wird schwarz.

Fauchen, Pfeifen und Stampfen und mit einem Schlag: blendend helles Licht. Der Zug verlässt den Tunnel.

Die Bäuerin fällt halb ohnmächtig auf ihrem Sitz nach vorne.

„Messieurs, Sie müssen wissen, in England fahren Lokomotiven mit drei Achsen, und dort ist auch der Service sehr viel besser als hier in la Bavarie" wendet sich Lola an den ersten Herren. Dieser setzt ein Monokel auf und mustert die Dame erstaunt von oben nach unten.

Baron von Spessart interveniert: „Nun ja, unsere ´Münchener´-Lokomotive, die von Maffei, ist auch nicht schlecht. Ein Meisterwerk bayrischer Technik. Das steht fest. Und, nun ja, unsere Landsleute sind manchmal etwas direkt. Aber sie haben das Herz auf dem rechten Fleck."

Der andere Herr: „Ah, Comtesse waren in England?!"

„Certainement. Ich habe viele Jahre in diesem wundervollen Land gelebt. Mein Vater war Engländer. Allerdings habe ich es vorgezogen, den Namen meiner spanischen Mutter beizubehalten, weil mein Vater schon in jungen Jahren gestorben ist, als wir noch in Indien waren."

„Indien??" fragt der andere Herr mit offenem Mund nach.

„Certainement. Indien!"

Eine weiß glänzende Gebirgskette ist draußen am

Horizont zu sehen, ein fester Ruhepunkt, vor dem immer wieder Schemen von Sträuchern, Büschen und Bäumen vorbeiwischen.

„Meine Herren, Sie müssen wissen, Maria de los Dolores Porris y Montez ist eine ganz ungewöhnliche Frau. Ich habe seit Ulm das Plaisir ihrer Gesellschaft. Wie sie mir erzählt hat, war ihr Vater Offizier der Ostindischen Handelskompanie in Kalkutta. Kurz nach ihrer Geburt in Sevilla musste sie schon nach Indien. Nicht?" flicht Baron von Spessart ein.

Lola Montez nickt bestätigend.

„Ah, Comtesse, unglaublich, wirklich unglaublich! Übrigens, darf ich mich Ihnen vorstellen: Heinrich von Manstetten, Rechtsanwalt zu München. Das ist meine Verlobte!"

„Enchanté!" flötet Lola de los Dolores Porris y Montez und überlässt ihm willig ihre Rechte zum Handkuss.

„Moritz Boder, Architekt zu Augsburg. Meine Frau, Marianne Boder" beeilt sich der andere Herr zu sagen. Er bückt sich ebenfalls galant zum Handkuss nach vorn.

Da geht ein schrilles Quietschen durch den Waggon. Der sich zum Handkuss vorbeugende Herr verliert die Balance, fällt vornüber und kann sich gerade noch mit der Rechten auf Lolas Oberschenkel abfangen.

Seine Entschuldigungsbeteuerungen werden von der Signalpfeife übertönt. Der Zug kommt auf freiem Feld zum Stehen.

Neue Passagiere stehen am Bahndamm bereit. Der Bahnwärter, eine meterlange Fahnenstange in seinen Händen, verbeugt sich vor dem Lokomotivführer. Der fasst mit seiner Rechten kurz zur Krempe seines Zylinders.

„Wasser, Milli, Brod und Speck!!" schreien Bauernfrauen mit breiten Körben am Bahndamm: „Wasser, Milli, Brod und Speck!!".

Baron von Spessart schüttelt unwillig den Kopf, als ihm eine der Frauen ihren Korb entgegenreckt. Dann richtet er sich an seine Mitreisenden: „Gestatten, Baron von Spessart! Ich freue mich die Bekanntschaft der Herren und ihrer reizenden Damen zu machen. Übrigens darf ich den Herrschaften ein kleines Geheimnis verraten? Maria de los Dolores Porris y Montez ist eine der berühmtesten Tänzerinnen Frankreichs und Englands, ach, was sage ich, eine der größten Ballerinen dieser Welt. Sie hat in London vor Königin Viktoria, in Berlin vor dem König von Preußen, in Petersburg vor dem Zaren, in der Oper von Paris vor Louis Phillipe getanzt. Meine Herrschaften, es ist Ihnen bald möglich, dass Sie auch in München ihre Tanzkunst bewundern können. Madame, Sie können sich nicht vorstellen, wie es mich freut, Sie unter uns zu haben!"

12

Das erste, was er nach seiner Ankunft gemacht hatte,

war Liza Gilbert anrufen. Niemand antwortete. Erschöpft legte er sich aufs Bett, starrte eine lange Weile zur Decke hoch und blätterte ein Magazin durch. Wieder griff er zum Telefon. Einmal Tut, zweimal Tut, und dann meldete sich tatsächlich Liza Gilbert. „Sie erinnern sich an mich. Ich hoffe, ich störe nicht!"

Sie: „Mich an Sie erinnern? Außer zu Ihnen habe ich bisher nur mit dem Taxi-Fahrer gesprochen. Geht es Ihnen gut?"

„Ich würde Sie gerne wiedersehen. Haben Sie morgen Mittag Zeit?"

„Nein."

„Nein?"

„Wie wäre es mit morgen abends?!"

„Nein! Ich bin müde, schrecklich müde. Lieber Herr – wie war gleich wieder ihr Name?"

„Friedrich! Felix Friedrich!"

„Also, mein lieber Herr Friedrich! Es war schön, Ihre Bekanntschaft gemacht zu haben. Ich wünsche Ihnen noch einen schönen Aufenthalt hier. Gute Nacht!"

Sie legte auf.

Noch lange tutete der Telefonhörer in seiner Hand, und er versuchte, sich am Tablet-Computer mit einem Film Ablenkung zu verschaffen.

Es war irgendein amerikanischer Ballettfilm, vermutlich aus den vierziger Jahren. Nachdem Szenen aus einer Ballettaufführung zu sehen gewesen waren, die Ballerina sich unter tosendem Applaus vor dem Publikum verneigt hatte, um schließlich dem Komponisten in die Arme zu fallen... waren ihm die Augen zugefallen. Aber war da nicht deutlich Liza Gilberts deutsche Synchronstimme mit dem amerikanischen Akzent von ganz nah zu hören, wie sie gerade mit ihrem Verehrer sprach? „Hörst du die Glocke?" Hatte der Verehrer gesagt. „Es ist zwölf Uhr" antwortete sie mit ihrer hellen energetischen Stimme.

„Es ist Mitternacht. Siehst du diese Glocke? Ein Arm hat den anderen erreicht. Sie küssen sich. Ist es nicht wundervoll."

„Was ist daran wundervoll? So funktionieren Uhren!" Sagte die mit der Stimme von Liza.

„Liebes, es ist Mitternacht. Die eine Hälfte der Stadt liebt jetzt die andere" sagte der andere.

Verschwommen sah er auf dem Computerschirm noch, wie die Frau, die Lizas Stimme hatte und nicht Liza war, ihrem Liebhaber in die Arme fiel.

Ich bin du

Die ganze Zeit war es unten auf der Straße still gewesen. Nur der Fernsehton war zu hören. Plötzlich knallt wieder das Explosionsgeräusch eines Molotov-Cocktails herauf. Ein mit dem Megaphon verstärktes Krächzen hallt über die Straße vor dem Haus, um sogleich von wütendem Skandieren und Johlen überschrieen zu werden.

Er versteht kein Wort und kann keinen Schrei deuten.

Eine Kakophonie von Tränengasgranatensalven setzt ein, und nur wenig Zeit vergeht, bis Gas, obwohl die Fenster fest verschlossen sind und er in den oberen Stockwerken des Hochhauses lebt, bis in sein Zimmer eingedrungen ist. Das Gas beißt in Augen und Nase.

Sonderbarerweise stört es ihn nicht so sehr. Auch der Schmerz in seinem Bauch und seinen Beinen kann dieses wohlige, tranceartige Gefühl nicht verdrängen, in dem sich die bunten Bilder aus dem Film mit seinen Erinnerungen mischen – weil er meint, so endlich zu verstehen, wie es gekommen ist.

Er nimmt eine weitere Schmerztablette.

Damals nach seiner Ankunft in Seoul war er zur Mittagszeit mit Bernd Gutmann verabredet gewesen.

Er konnte seine gedrungene Gestalt unter den wenigen

westlichen und den vielen einheimischen Geschäftsleuten, zwischen den dicken Amerikanerinnen und den zierlichen Asiatinnen, schon von weitem auf dem Marmorboden der Hotel-Lobby ausmachen.

„Fisch! Wollen Sie einmal Fisch kosten" schlug Gutmann gleich nach dem ersten Austausch der Begrüßungsfloskeln vor. „Sashimi?"

„Warum nicht? !"

Als sie im Restaurant waren, steuerte Gutmann gezielt ein Separée an, in dem sie sich auf Fußbodenkissen setzten. Eine Bedienung mit weit fallendem, bunten Brokatkleid servierte lebenden Tintenfisch, der sich in Todeszuckungen noch an ihren Plastik-Handschuhen festsaugte.

Gutmann kam zum Thema des Treffens, dem Foto-Buch: „Meinen Sie nicht auch, dass drei Monate reichen müssten. Sie fotografieren, ich texte!"

Die Kellnerin lächelte sie an, packte den Tintenfisch beim Kopf und schnitt ihm mit einer Schere die Tentakeln ab, die in einen grünen Porzellan-Teller fielen, wo sie sich wie Regenwürmer ringelten.

„Ein Drittel des Bandes sollte Seoul vorbehalten sein, der Rest ein paar Nationalparks, die Grenze und noch ein paar andere Städte. Sie wissen schon, was ich meine!"

Während er anschließend im Detail eine Unmenge von Tempeln und Sehenswürdigkeiten erörterte und von etwas erzählte, was sich wie Kyongbok-Kung, Namdaemun, Chongdung-sa, Haein-sa, Songwang-sa, Pulguksa, Punhwang-sa anhörte, nahm Gutmann die Tentakeln zwischen die Stäbchen, tunkte sie in rote Pfeffersoße und schluckte sie hinunter.

„Warum essen Sie nicht? So versuchen Sie doch! Exzellent! Wenn Sie Fotos machen, wenn sie das Land lieben lernen wollen, dann müssen Sie essen. Liebe geht durch den Magen."

Er nahm die Herausforderung an, stocherte nach einem Oktopus-Wurm, der mit seinen Saugnäpfen letzten Halt an seinen Stäbchen suchte, und würgte ihn hinunter.

Gutmann nahm sich währenddessen eine gallertartige Masse vor, die er in rote Pfeffersoße tunkte, danach in ebensolche Pfeffersoße eingelegten Kohl und schließlich zerschnittenen, mit der gleichen Soße marinierten Krebs.

Gutmann schlug vor, dass sie zu Anfang zusammen eine Reise machen sollten, damit er ihm alles besser erklären könne.

Er selbst stocherte in einem Schälchen mit eingelegten Soja-Bohnen herum.

Die madonnengesichtige Bedienung, die ihre schwarzen Haare mit einem goldenen Stiel zum Dutt hochgerafft hatte, kredenzte die Hauptspeise: rohes, in feine Scheiben geschnittenes Fischfleisch, das zwischen unversehrtem Fischkopf und Fischschwanz auf eine silberne Schale drapiert worden war. Gutmann nahm ein paar Stückchen rohen Fisch zwischen die Spitzen seiner Stäbchen, tunkte sie in eine grünliche Soße, aß und breitete auf einer imaginären Landkarte imaginäre Reiserouten für die

Foto-Exkursionen aus.

Angeekelt, befremdet, aber auch neugierig schaute er derweilen auf das Maul des bis auf die blanken Gräten skelettierten Fisches. Es schnappte immer noch in langen Zügen, auf und zu, nach Luft.

Schließlich nahm er ein kleines Stück rosanem Fischfleischs zu sich, kaute lange darauf herum und konnte sich am Ende mit etwas anfreunden, das wie halbgefrorene, meerrettichsoßenübergossene Eiscreme schmeckte.

Gutmann überreichte ihm eine Liste, auf der er penibel alle zu fotografierenden Sehenswürdigkeiten aufgeführt hatte: „Vielleicht lesen Sie das einmal durch!"

„Schamanismus hat mich schon immer interessiert…" sinnierte er, während er die Liste studierte.

„Die Leute aus dem Westen haben seltsame Vorstellungen" schnitt ihm Gutmann das Wort ab. „Es ist nichts als abgestandener Aberglaube! Schamanismus hat als Religion in Korea statistisch gesehen überhaupt keinen Wert. Als Folklore macht es sich gut! So hat es Platz in *meinem* Buch!"

Er schaute ihm kurz in die Augen, legte die Liste mit spitzen Fingern auf den Tisch und fragte: „Haben Sie eigentlich diese Kertesz-Ausstellung schon gesehen?"

„Kertesz? Wie kommen Sie auf - Kertesz?" fragte Gutmann verständnislos.

„Ich habe mich dort verabredet!" log er. „Leider muss ich in Kürze gehen. Aber ich bin sicher, wir werden uns nächste Woche treffen."

„Wir müssen doch noch einen detaillierten Plan machen", protestierte Gutmann. „Wir müssen doch noch über unser Thema reden!"

„Keine Sorge, wir werden uns nächste Woche sehen!" sagte er und schmeckte in seinem Gaumen dem rohen Fischfleisch nach.

„Na gut!" gab Gutmann klein bei, fingerte gierig ein anderes, nudelartiges Meeresgetier aus einem Schälchen, tunkte es in die rote Paprika-Soße und zerquetschte es zwischen seinen Backenzähnen.

3

Lola verharrt im Hofknicks in einem hohen, von korinthischen Säulen und antiken Statuen eingerahmten Saal. Sie trägt ein langes, eng tailliertes schwarzes Samtkleid mit weißem Spitzenkragen um das tief ausgeschnittene Décolleté: „Eure Majestät, Sire, gestatten Sie, Maria de los Dolores Porris y Montez!"

Der König, in einer einfachen grauen Offiziers-Uniform, sitzt hinter Aktenstapeln am Schreibtisch. „Habe gerade gehört, haben keine Papiere!" herrscht er sie an. „Keine Papiere! Ohne gültige Papiere kein Auftritt!"

„Aber ich habe doch ein Empfehlungsschreiben von Baron von Spessart!"

„Ein Empfehlungsschreiben von Baron von Spessart

ersetzt keinen Pass."

„Wenn Eure Majestät gestatten, ich bin Spanierin von Geblüt. Das Temperament, man vergisst oft solche Kleinigkeiten" entschuldigt sich Lola mit kleinmädchenhafter Stimme und gesenktem Haupt.

Der König blinzelt zu ihr hinunter: „Keine Entschuldigung! Kommen aus Spanien!?"

„Oui, si, Eure Majestät!"

„Woher kommen aus Spanien?" fragt er in versöhnlicherem Ton nach.

„Sire, ich bin stolz, in Sevilla geboren worden zu sein, der Hauptstadt Andalusiens, Heimat des unvergesslichen Cervantes, die Bühne für Rossinis ´Barbier von Sevilla´ und Schauplatz von ´Carmen´. Meine Taufe fand in der Kapelle statt, in der Christopher Columbus..."

„Sagen! Kennen ´Carmen´ von Mérimée? Interessant! Habe gerade Carmen gelesen. Wie finden Carmen?"

„Sire, Carmen ist eine Tochter von Sevilla wie ich. Viele Frauen aus Sevilla sind wie sie. Die Sonne über Spanien macht heißes Blut. Ich kenne die Zigarettenfabrik, in der Carmen gearbeitet hat" antwortet sie und verharrt, den Kopf nach unten gesenkt, weiter in Hofknickposition.

„Ah, kennen die Zigarettenfabrik. Carmen hat dort gearbeitet, richtig. Dort hat sie diesen -. Wie heißt er?"

„Sire, ich glaube: Don José. Sie hat Don José kennengelernt."

„Ja, Don José, den Offizier" antwortet der König,

während er weiter über den Schreibtischrand zu ihr hinunterblickt.

„Ja, Sire, es gibt den Aufstand in der Zigarettenfabrik. Der Vorgesetzte von Don José... er heißt, Zuzu..."

„Zuniga!" korrigiert der König, und macht eine Handbewegung nach oben. „Stehe sie auf!"

„Sire!", fährt Lola fort, richtet sich das erste Mal aus ihrer Hofknickposition auf und blickt dem König in die Augen. „Er ist es, der Don José befiehlt, Carmen zu verhaften und ins Gefängnis zu bringen. Aber Don José liebt ein anderes Mädchen... wie heißt sie? Marcela? Sicela?"

„Ficela?" meint der König bestimmt und richtet sich ebenfalls von seinem Sessel auf. „Werde Anweisung geben, mir das Buch aus der Hofbibliothek nochmals kommen zu lassen. Jedenfalls, dann sind Carmen und Don José ganz allein in der Gefängniszelle. Eine schöne, eine leidenschaftliche Frau! Don José befreit sie!"

Der König nimmt die Schreibfeder vom Tisch und beginnt, sie rhythmisch zwischen Zeigefinger und Daumen seiner rechten Hand zu stoßen.

„Aber auch Zuniga ist in Carmen verliebt" fügt Lola an, während sie ein paar Schritte auf den König zugeht und ihr schwarzes Haar schüttelt. „Zuniga sperrt Don José ins Gefängnis."

„Richtig. Und dann geht Carmen mit der Räuberbande in die Berge. Zuniga folgt ihr" fällt dem König ein, wie er hinter dem Schreibtisch hervorkommt und ein paar

Schritte auf Lola zugeht. „Aber Sicaela - richtig, es ist Sicaela - will ihn wieder zurückhaben."

„Und jetzt kommt der Torero, der ebenfalls in die schöne Carmen verliebt ist!"

„Der Torero dringt in die Räuberhöhle ein."

„Carmen will nur noch den Torero" haucht Lola.

„Endlich stellt Don José Carmen und ersticht sie mit seinem Schwert."

Der König und Lola stehen sich in einem Meter Abstand einander gegenüber und schauen sich wortlos in die Augen.

Ein Ruck geht durch den Körper des Königs. Er löst sich aus seiner Selbstvergessenheit, wendet sich ein paar Schritte zum Schreibtisch zurück.

„Ja, wo waren wir? Gut, will nicht ausweisen. Werde Anweisung an meinen Hofintendanten geben, sie im Hoftheater tanzen zu lassen!" ordnet er an. „Werde selbst anwesend sein!"

„Oh Sire, zuviel der Gnade. Eure Hoheit ist zu gütig zu einer armen kleinen spanischen Tänzerin!"

Lola macht einen tiefen Bückling, so dass ihre Brustansätze   deutlich sichtbar werden.

„Oh, Sire! Hoheit! Ganz zu ihren Diensten!"

„Stehe sie auf!" kommandiert der König.

„Sage sie! Ist das echt?!"

„Majestät! Ich verstehe nicht. Was ist echt?"

„Das, was sie unter dem Korsett hat!"

„Was ich unter dem Korsett habe?!"

„Ja, das, was sie unter dem Korsett hat!" wiederholt der König und deutet auf ihren Busen!"

„Was ich unter dem Korsett habe!? Natürlich ist das echt! Eine Spanierin hat nichts zu verbergen!"

Der König öffnet staunend den Mund.

„Majestät! Natürlich ist das echt!" echauffiert sich Lola, greift zu ihrem Décolleté und will es auseinanderziehen. Als dies nicht sofort gelingt, nimmt sie kurzentschlossen eine Schere auf dem Schreibtisch und schneidet damit das Dekolleté auf. Schließlich reißt sie links und rechts energisch an beiden Seiten des Dekolletés und zeigt dem König, Mund und Augen weit aufgerissen, ihre nackten Brüste.

4

Unentschlossen stand er in der schwülen Mittagshitze vor dem Hotel und überlegte, ob er nicht tatsächlich in die Kertesz-Ausstellung gehen sollte. Er verwarf die Idee und schlenderte stattdessen in Richtung Changdeokgung. Bei einem Zeitungskiosk fielen ihm die Schlagzeilen einer englischsprachigen Zeitung in den Blick. Auch Arizona wollte sich jetzt dem neuen Staatenbund um Texas anschließen und setzte zu diesem Zweck das Personal der Atomraketen-Silos unter Hausarrest. Er ging weiter in Richtung Changdeokgung und verspürte Lust, sich im Schlosspark umzuschauen.

Auf dem sonnenverbrannten Platz, der zum Königspalast führte, waren noch vor hundert Jahren die königlichen Diener, Beamten und Offiziere aufgereiht gewesen, je näher zum Thron, desto mächtiger und furchterregender. Bittsteller, Vasallen und Verbrecher mussten damals den Weg zum Palast gehen. Jetzt waren es nur ein paar Touristen, die schweißtriefend die staubigen Spuren der Geschichte suchten.

Hinter dem Königspalast gab es auch keine Spitzbärte mehr, die aus langen Metallpfeifen Tabak rauchten und Gedichte ersannen, sondern Brautpaare, nichts als Brautpaare. Hunderte von weiß-, rosa- oder gelbgekleidete Bräute posierten auf den Rasenhügeln hinter dem Königspalast mit Bräutigamen, die in schwarzen oder grauen Fracks steckten. Hochzeitsfotografen hantierten mit meterlangen Kameraobjektiven, und die Assistentinnen reflektierten mit Spiegeln noch mehr gleißendes Licht.

Während er erst erstaunt, dann immer belustigter die Szenerie überblickte, fiel ihm ein Paar auf, um das besonders viele Leute herumstanden - nicht nur Fotografen und Assistentinnen sondern auch gewöhnliche Schaulustige. Er kam näher, drängelte sich durch die Menge und sah, wie niemand anderes als Liza Gilbert ihrem Bräutigam einen Kuss gab.

Für kurze Zeit war es, als ob ein nächtlich verschwommener Traum in die glasklare Wirklichkeit eingebrochen wäre. Dann sah er die auf dem Boden ausgelegten Schienen, die schweren Scheinwerfer und den Mikrofon-Galgen.

Es war ein Film.

Mit dem Kuss von Braut und Bräutigam fiel die Klappe. Die Film-Crew machte sich daran, die Gerätschaften einzusammeln. Die schaulustige Menge zerstreute sich, und jetzt kam Liza Gilbert tatsächlich in ihrem weiten weißen Hochzeitskleid auch noch direkt auf ihn zu. „Hallo! Wie war wieder gleich Ihr Name?"

„Friedrich, Felix Friedrich!"

„Ja, Herr Friedrich! Wie kommen Sie denn hierher!"

„Zufall! Rein zufällig. Sie drehen hier einen Film!?"

„Habe ich Ihnen das nicht gesagt?! *Traumland*, eine Fernseh-Soap-Opera. Mein Dreh ist fertig."

„*Traumland*? Habe ich Sie da nicht schon einmal gesehen?"

„Kaum!" beschied sie ihm schnippisch und zündete, immer noch im weiten plissierten Brautkleid, eine Zigarette an. „Ich spiele hier das erste Mal mit - und das letzte Mal!"

„Großartig!" meinte er. „Filmschauspielerin zu sein in einem so exotischen Land!"

„Es ist nicht ganz das, was sie denken. Es nervt, ganz besonders heute nervt es. Ich kann es nicht mehr ausstehen. Ich bin froh, wirklich froh, dass ich sie gesehen habe. Ich will mit diesen durchgeknallten Typen hier nichts mehr zu tun haben! Morgen fliege ich ab!"

Dann fragte sie: „Herr Friedrich, wollen Sie mit mir Kaffee trinken?"

5

Ein riesiger Vorhang mit der über dem blauen Meer aufgehenden, golden glänzenden Sonne.

Holz klackt gegen Holz. Violinen und eine Harfe werden angestimmt. Räuspern. Plötzliche Stille. Die Violinen setzen wieder leise ein, kaum wahrnehmbar. Das ruppige Schlagen einer Gitarre übertönt sie für kurze Zeit.

Der Vorhang öffnet sich. Hinter den an der Rampe lodernden Bühnenlichtern steht regungslos Maria de los Dolores Porrys y Montez. In ihr vom Mittelscheitel lockig nach rechts und links fallendes, rabenschwarzes Haar ist eine rote Rose drapiert. Ein eng anliegendes schwarz-rotes Jäckchen umschließt die weiße bis zum Halsansatz reichende Bluse, die mit blitzenden Steinen zugeknöpft ist. Von ihren schmalen Hüften steht ein plissierter, seidener, schwarz-roter Reifrock weit ab und lässt ihre in weißen Strümpfen steckenden Beine vom Knie abwärts sehen.

Ihr bislang steinhartes Gesicht gibt einem anmutigen Lächeln Raum. Mit funkelnden blauen Augen macht sie einen kurzen Hof-Knicks.

Der über dem Zuschauersaal in seiner Loge thronende König nickt.

Lola wirft ihren Kopf stolz zurück, winkelt ihren linken Arm von ihrer Hüfte ab und stellt das linke Bein etwas nach vorn. Sie hebt die rechte Hand in einem weiten Bogen langsam über ihren Kopf, die Fingerspitzen immer senkrecht nach unten gerichtet. Nach einem ruckartigen Hüftschwung führt sie die gleiche Bewegung seitenverkehrt aus. Sie dreht sich auf ihren Zehenspitzen, wie auf dem Zahnrad eines Uhrwerks stehend, ruckartig um ihre Achse und bleibt zu einem abrupten Harfenschlag bewegungslos stehen.

Der König stützt sein Kinn in die linke Hand.

Das Gewicht von einem Bein zum anderen wechselnd, wiegt sie sich in den Hüften, und führt beide Hände über den Kopf. Dann dreht sie sich nochmals ruckartig und nervös um die eigene Körperachse und verharrt schließlich wieder reglos in der Ausgangspose.

Der Rhythmus der begleitenden Violinen, Harfen und Gitarren hat immer noch etwas Fließendes, als sie auf ihren Fußspitzen zur linken Seite der Bühne trippelt, den rechten Arm immer noch von der Hüfte abgewinkelt. Sie wiederholt dasselbe in die andere Richtung und hält wieder kurz inne - während die Musikklänge wie Meereswellen am Strand versanden.

Sie dreht langsam eine Pirouette. Zwei Kastagnetten werden hörbar, die sie nervös in ihren Händen klackt. Das Trippeln ihrer Fußspitzen wird hastiger. Sie wiegt sich immer schneller in den Hüften.

Nach einem letzten lauten Klacken und einem ruppigen Gitarrenakkord, herrscht Stille.

Der König starrt mit seinem Opernglas auf die Tänzerin.

Die führt jetzt beide Hände nach oben über ihren Kopf, verschließt sie ineinander und macht einen Knicks. Sie führt mit weit nach vorn gebeugtem Oberkörper die ineinander verschränkten Hände in einem Halbkreis zum Boden. Als ob sie auf dem Boden nach Blumen tasten würde, streckt sie ihre Arme immer wieder nach links und rechts, nach vorn und hinten über den Bühnenboden aus. Die Hände wieder ringförmig auf der Höhe ihrer Brust verschränkt richtet sie sich auf. Die Musikklänge fließen in Kaskaden, als sie in das imaginäre Rund eines Blumenkorbs greift und daraus, von einem Fuß auf den anderen springend, ebensolche imaginäre Blumen in den Theatersaal wirft.

Die Augen leuchten wild.

Der König hat das Opernglas abgesetzt und wischt sich über die Stirn.

Lola macht einen kurzen Knicks und verharrt wieder in ihrer Ausgangspose. Mit erschrecktem Gesichtsausdruck wendet sie plötzlich den Kopf nach unten. Während sich die Klänge der Musik überschlagen, hält sie beide Arme seitwärts von sich und wirbelt laut aufstampfend über die Bühne - gerade so als ob sie auf der Bühne ein Ungeziefer töten wollte. Sie bleibt mit der plötzlich absterbenden Musik abrupt stehen.

Während die wieder in einem Crescendo auflebt, dreht sie sich mehrmals im Triumph um ihre eigene Achse und klackt mit den Kastagnetten. Verächtlich richtet sie ab und zu den Blick nach unten auf den Bretterboden.

Der König greift mit seinen Händen auf die Balkonbrüstung seiner Loge. Sein Kopf schwingt rhythmisch mit der wieder wellenartig auf und ab fließenden Musik hin und her.

Da lässt ihn ein ruppiger Akkord auf der Gitarre zurückzucken.

Lola hat den Blick erschreckt nach links gewendet und auch die Hände abwehrend in diese Richtung ausgestreckt, als sie mit schnell übereinanderkreuzenden Füßen in gegensätzlicher Richtung nach rechts tanzt. Während die Musik kurzzeitig zum Stocken kommt, hält sie wieder kurz inne und dreht sich halb um ihre Achse. Entschlossen trippelt sie wieder nach links, wohin sie mit den Händen herausfordernd auf einen imaginären Feind zeigt. Erst ganz am linken Ende der Bühne hält sie mit ihren Tanzschritten inne und lässt ihre Arme schnell nach vorn schnellen - als ob sie ihn endgültig vernichtet hätte. Sie wendet sich wieder dem Publikum zu und tanzt, sich immer wieder um die eigene Achse drehend und triumphal die Hände nach oben richtend, zur Bühnenmitte. Nach einem letzten Crescendo erstarrt sie und fällt im Knicks, den Kopf weit nach vorne gebeugt, zu Boden.

Der König sitzt wieder weit nach vorn geneigt, beide Hände auf der Balkonbrüstung. Er starrt für ein paar Sekunden reglos auf die Tänzerin. Er richtet sich plötzlich auf und beginnt mit weit ausholenden Händen laut zu applaudieren.

Das ganze Theater fällt in sein Klatschen ein.

„Bravo! Bravo!! Bravo!!!"

Als Maria de los Dolores Porrys y Montez sich wieder von ihrem Knicks aufrichtet, werden die ersten Rosen auf die Bühne geworfen. Gerührt blickt sie über das Rund der sie begeisternd aufnehmenden Zuschauer. Sie sucht den König, der ihr huldvoll zunickt, und macht noch einen Hofknicks in seine Richtung. Blumen über Blumen, die sie aufsammelt und vor die Brust drückt. Der König hat sich von seinem Platz erhoben und applaudiert, indem er die Hände über seinem Kopf zusammenschlägt.

Noch ein letzter Knicks, und der Vorhang mit dem Sonnenaufgangsmotiv schließt.

6

Nachdem sie sich umgezogen hatte, gingen sie zusammen zu einem Café nahe beim Changdeokgung. Es war das erste Mal, dass Liza Gilbert dieses Extravagante und Provozierende an ihrem Wesen abgelegt hatte. Es stellte sich heraus, dass sie in dieser Folge von *Traumland* eine Nebenrolle hatte, sich aber mittlerweile aus Gründen, die er nicht richtig verstehen konnte, mit dem Regisseur total überworfen hatte. Es war zwar eine der besten Rollen, die sie bisher bekommen hatte, aber, was *Traumland* betraf, war es wohl auch das letzte Mal, dass sie mitgearbeitet hatte.

Sie hatte in diesem Film die Bassistin einer Mädchen-Band gemimt, die gerade auf Asien-Tour war. Während die Lead-Sängerin der Band in einen bizarren Mafia-Fall mit vielen Kung-Fu-Einlagen verwickelt wurde, war ihre Rolle gerade dafür gut, sich mit dem Hotelier-Sohn zu verheiraten.

„Sonst spiele ich meistens Theater, Privattheater. Wenn sie wollen, können Sie mich in Deutschland auch im TV-Spot für Babywindeln sehen. Oder vielleicht haben Sie schon einmal meine Stimme im Hollywood-Movie gehört! Synchronisation mit amerikanischem Akzent - meine große Spezialität!“

Sie war an diesem Tag recht deprimiert gewesen.

„Morgen fliege ich! Ich halte es nicht mehr aus!“

Er langte begütigend mit seinen Fingern zu ihrer Hand.

„Haben Sie eigentlich schon die Kertesz-Ausstellung besucht?“ fragte sie.

„Nein, wie sollte ich?“

„Kommen Sie! Ich zeige Ihnen die Kertesz-Ausstellung!“

Sie griff zu seiner Hand.

7

Sie waren in die Kertesz-Ausstellung gegangen, danach in ein Restaurant und schließlich in ihr rosarot austapeziertes Hotelzimmer.

Ein paar Momente lang empfand er Scheu vor ihrem fremden Körper, versuchte ihren Blick zu vermeiden und umschlang sie vor dem Hotelfenster von hinten. Sein

Mund suchte durch ihr volles Haar ihr Ohr, seine Hände ihre Brüste.

Sie war bewegungslos, unschlüssig, als er sich mit seiner Hand unter der Bluse einen Weg zu ihrer rechten Brust bahnte.

Sein Blick war auf die Kolkraben im Hinterhof des Hotels gerichtet. Hinter den Dächern war auf einem Berg ein Fernsehturm zu sehen. Weiße Kumulus-Wolken quollen am blauen Himmel auf.

Seine rechte Hand streichelten ihre Hüften, bis sie die unter dem Mini-Rock freiliegenden Innenseiten der Oberschenkel fanden.

Mit einem Mal flog der Schwarm Kolkraben im Hof auf, kreiste um einen Ginkgo-Baum und ließ sich oben auf einem Flachdach nieder.

Sie stöhnte, als er die Knöpfe ihrer Bluse öffnete.

Minirock und Slip glitten zu Boden. Sie war schutzlos nackt und immer noch bewegungslos.

Eine Wolke schob sich vor die Sonne und überzog den vorher noch in sirrender Hitze liegenden Innenhof mit einer Haut aus grauem Schatten.

Abrupt drehte sie sich um, suchte seine Lippen mit den ihren und griff zu seinem hart gewordenen Glied: „Fuck me! Fuck me!"

Als er wieder die Augen aufschlug, war zuerst dieses Rosarot der Wand da.

Es war wie auf einer rosaroten Wolke himmelhoch über Korea.

8

Sie gingen an diesem Nachmittag, an diesem Abend und auch in dieser Nacht nicht mehr aus dem Hotelzimmer. Und am nächsten Morgen war immer noch nichts von ihnen zu hören. Der Portier schickte pro forma ein Dienstmädchen in ihr Zimmer, das ohne Klopfzeichen ins Zimmer trat und sie im Bett vorfand, wie sie gerade dabei waren, hastig eine Decke über sich zu werfen.

Ein paar Minuten später ging sie hinunter zum Portier und verlängerte ihren Aufenthalt noch einmal für eine Nacht. Dann machten sie sich zum Frühstück in ein Café auf.

Während er mit Heißhunger ein Baguette verschlang, gingen ihre Hände zu seinem Oberschenkel, zwischen seine Beine. Zuerst schlang er seine Linke noch um ihre Taille, versuchte aber ihre hartnäckig nach seinem Glied suchende Hand wegzuziehen. Der Ober mit dem Boxergesicht hinter dem Tresen schielte, Gläser abtrocknend, immer wieder zu ihnen herüber. Nach ein paar Minuten beendete sie plötzlich ihr Spielchen, stand auf und bezahlte die Rechnung.

Er saß wie angewurzelt fest, um nach einer Minute ebenfalls hastig aufzustehen. Er folgte ihr zum rosaroten Hotelzimmer.

Am nächsten Tag war sie wieder bei der Rezeption und verlängerte für noch einen Tag.

Sie gingen zum Chongmyo, dem Schrein der

Königsdynastie. Während ein paar Touristen in Shorts und Sportkleidung, Kamera um den Bauch, mit ihren Umgebungsplänen krampfhaft nach Taejo, Yonsangun, Sonjo, Sunjo und Kojong suchten, zerrte sie ihn in eine modrige Kammer, knöpfte ihm die Hose auf und brachte ihn in kürzester Zeit zum Orgasmus.

9

Vor einer Gruft sitzt ein nackter, lorbeerbekränzter Mann auf einer steinernen Bank, der seinen Arm liebevoll um eine barbusige Frau gelegt hat. Kleine nackte Engel mit lockigem Haar lächeln vom oberen Rand des Gemäldes dem Paar zu.

Zwei helle Schläge einer Uhr sind zu hören.

Der von hinten zu sehende König nähert sich dem Bild und bleibt einige Zeit bewegungslos davor stehen.

Aus dem türhohen Bild ist ein Klopfen zu hören.

Der König, in einen zerschlissenen Hausmantel gehüllt, bückt sich, greift zu einem Riegel am unteren Rahmenrand des Gemäldes, und dieses öffnet sich wie eine Tür. Aus der dunklen Öffnung steigt eine Frauengestalt in das Innere des Saals. Im Schein der von ihr gehaltenen Kerze wird Lolas Gesicht erkennbar.

Sie fällt ihm um den Hals: „Luis!"

„Lola!"

„Cher Luis!"

Die Tänzerin küsst den König stürmisch. Er drückt sie

fest an sich: „Lola! Ich habe immer nur an dich gedacht."

Sie lösen sich aus der Umklammerung, worauf sie der König zu einer Chaiselongue führt.

„Hat dich auch niemand gesehen?" vergewissert er sich, als beide vor der Chaiselongue zu stehen kommen, auf die sie sich setzt.

„Außer deinem Diener - niemand! Es ist so schön, wieder bei dir zu sein, Luis. Den ganzen Tag habe ich an nichts anderes gedacht als an deine große und edle Person!"

Der König beugt sich zu Lola nieder und küsst sie auf beide Wangen. „Welch ein Glück, dass du bei mir bist!"

„Luis, ich möchte nur noch für dich da sein. Und ich möchte nur noch für dich schön sein!"

Dann lässt sie sich plötzlich nach hinten auf die Chaiselongue sinken, stöhnt: „Oh, cher Luis, du bist so gut zu mir!"

Sie streckt beide Arme verlangend nach ihm aus.
Der König geht vor ihr auf die Knie, umarmt und küsst sie. Er umschließt ihre Fesseln, tastet sich unter ihrem Rock vom Unter- zum Oberschenkel voran.

„Geliebte Lola!"

Er küsst die freiliegenden Waden.

„Oh, Luis. Ich bin nur deine kleine, arme Lola."

„Meine liebe liebe kleine Lola: ich werde dir einen Palast bauen, wie er der Königin meines Herzens gebührt."

Der König schlägt ihren Rock zurück und zieht ihr

Strumpf, Strumpfband und Schuh vom rechten Bein.

„Oh, Luis, du weißt nicht, welch ein Glück du mir bringst! Luis! Luis!"

Er fasst mit beiden Händen zu ihrem rechten Fuß und schleckt tief ein- und ausatmend ihre nackten Zehen ab.

„Was machst du mit mir, Luis?"

Der an ihrem nackten Zeh saugende und heftig durch die Nase schnaufende König stößt seinen Kopf auf und nieder.

Plötzlich schnellt die auf der Chaiselongue weit zurückgelehnte Lola mit ihrem Oberkörper hoch und fragt mit heller Stimme: „Luis, du schenkst mir einen Palast!?"

Acht Mal schlägt es dröhnend von der großen Wanduhr, in deren schwarzes Holz Putten mit dicken Backen geschnitzt sind. „Oh, Luis, was machst du mit mir?! Ooooh Luis!!!" ist in die Glockenschläge hinein zu hören.

10

„Felix, ich möchte dich so sehr lieben wie ich kann, ich will dir soviel Liebe geben wie ich in mir finden kann. Und ich will sie dir solange geben, solange sie freiwillig aus meinem Herz kommt."

Damals waren sie schon seit drei Tagen und Nächten auf dieser rosaroten Wolke. Essen war nebensächlich geworden, und sie hatten auch schon fast das Trinken aufgegeben.

Sie habe eine Mission hier auf Erden, sagte ihm Liza, und das sei die Liebe. Wenn sie auf das Wort eines anderen reagiere oder auf ein Lächeln, tue sie es aus Liebe, weil der andere das brauchen würde.

„Ich glaube, es klingt ridiculous. Aber es fühlt sich so gut an, zurückzulächeln, etwas zu geben zu haben. Wenn mich ein Mann attraktiv findet, gebe ich ihm mehr Freude, wenn ich ihm zurücklächle. Ich bin wie ich bin. Und es macht mir nichts, wenn sie daraus für sich einen Vorteil machen. Wenn sie es nicht als eine Geschenk ansehen können, dann ist es ihre Schuld, sie sind es, die nichts verstehen. Niemand versteht das."

Das Gefühl sei zwar sehr verworren, aber sie habe es schon seit langer Zeit gehabt.

Sie lag nackt neben ihm im Bett, stützte ihren Kopf, ihm seitlich zugewendet, in die linke Hand. Er lag auf dem Rücken und wechselte mit seinem Blick immer wieder von ihren Augen zur pinkroten Zimmerdecke hin und her.

„Vorsicht!" „Schlauheit!" Wie sie diese Worte hasse, sie gehörten nicht zu ihrem Vokabular. Sie sei spontan, warm, schnell. Sie habe etwas Spanisches, den latin mind. Dinge messen, vorsichtig sein! Wie solle das gehen? Wo solle das Leben dann hinführen! Man könne nicht immer zwischen sich und den anderen Kompromisse machen. Das sei auch der Grund dafür gewesen, dass sie ihn zu sich ins Hotelzimmer gelassen habe. Wie könne man sich bei seiner Wahl immer sicher sein und sich dabei doch nie ändern. Es gebe für jeden nur ein einziges Leben, und es sei zu kostbar, es nicht ehrlich zu sich selbst und damit für andere zu leben. Wenn man sich selbst treu sei, dann sei man auch anderen treu.

„Du kannst dir nicht vorstellen, Felix, wie gut ich mich mit dir fühle. Ich habe keine Wünsche mehr, keinen Willen, nur noch Gegenwart", meinte sie, griff zu ihrer Handtasche und kramte aus deren Tiefen einen Haschisch-Joint heraus. Er war ein bisschen unschlüssig, als sie ihm den Joint anbot.

„Liza! Wer bist du?"

Statt zu antworten, schwörte sie, dass sie ihn das nächste Mal noch mehr lieben würde. Und wenn sie sich das nächste Mal nach dem nächsten Mal lieben würden, würde es noch besser werden. Er würde es sehen. Es würde sanft und langsam sein und die ganze Nacht dauern. Und er würde sich wünschen, dass es für immer so sein würde. Sie würde etwas in ihrem Herzen und ihrer Seele finden, um ihn so zu erreichen, wie das noch keine Frau mit ihm gemacht hätte. Das nächste Mal würde es wie ein Feuerwerk sein oder wie in einem Millionen Jahre alten Gletscher, der alles verschmilzt und mit sich in den Ozean reißt.

Er suchte ihren Mund mit seinem Mund. Seine rechte Hand ging von ihrer Wange über ihren Hals zu ihren Brüsten.

Sie fühle sich so schwach, jung und dumm. Und es kümmere sie nicht.

„Du kannst meine Hand nehmen und mich überall hinführen. Daddy, ich folge dir! Ich schwöre: Ich bin dreizehn Jahre alt!" sagte sie und fasste zu seiner Hand an ihrer Brust.

„Daddy?!" fragte er.

„Daddy!"

„Willst du mit Daddy zum Nordpol? Zum großen Eisgletscher?"

„ Nordpol, Eisgletscher, it doesn´t matter."

„Willst du dich vollkommen aufgeben?"

„Ich hasse, mich selbst aufzugeben. Ich bin mir selbst am wichtigsten!" protestierte sie. Zuallererst schulde man sich selbst Glück. Anders könne es im Leben nicht gehen. Eine unglückliche Person könne niemand um ihn herum glücklich machen.

„Ich hätte nichts dagegen, mich selbst aufzugeben" entgegnete er. „Das ist es auch, was mir am Schamanismus so gefällt. Sich den Göttern, den Geistern, dem ganz Anderen, wie du immer es auch nennen willst, ausliefern, eben davon besessen sein. Du als Schauspielerin musst das doch kennen, sich einem Autor einer Rolle ausliefern!"

„Komm! Das hast du dir angelesen" antwortete sie ihm.

„Nein, das ist ein ganz tief sitzendes Gefühl" versuchte er zu erklären. Er habe es schon immer gehabt. Er habe auch ein Bild dafür: eine taufrische Blumenwiese. Und das suche er hier, hier im Land der

Morgenstille. Ein Ort, frei von Gier, die alle zerfrisst. Einen Ort ohne besserwisserische, intellektuelle, abendländische Gehirnverschmutzung. Grund genug, den Fotoauftrag anzunehmen. Eins zu sein mit der Natur. Schamanismus.

„Aber merkst du nicht, dass wir zwei genau jetzt dabei sind, diesen Zustand zu erreichen. Weil ich dich so sehr liebe, und weil du mich so liebst. Wirklich, ich habe keine Wünsche mehr, keinen Willen, nur noch Gegenwart." Sicher, es könne nicht das Ziel sein, dass wir immer und immer mehr anhäufen. Aber es müsse Glück geben, Osmose, Liebe, zwischen den menschlichen Wesen. Was sollten wir denn sonst hier auf dieser Welt? Und deshalb sei es so wichtig, Begierden zu haben. Man solle sich nie aufgeben. Sie glaube so stark an das menschliche Wesen. Sie glaube, diese menschlichen Wesen könnten so viel mehr erreichen als sie sich jetzt in ihrer Angst, in ihrer Unwissenheit und ihrem Mangel an Vorstellungskraft erlauben.

„Willst du mit mir hier bleiben?" fragte er nochmals nach. Sie zögerte mit einer Antwort. „Vielleicht!" sagte sie und fügte in bestimmtem Tonfall hinzu. „Wenn es mit dem Casting für die Film-Rolle nicht klappt, komme ich zu dir zurück! Ganz bestimmt!"

11

Liza hatte schon mehrfach den Rückflug nach

Deutschland storniert und sich entschlossen, bis zur endgültigen Rückkehr in seinem eigenen Appartement einzuquartieren. Nach wie vor ging der Blick aus dem zehnten Stock hinunter auf den Autoverkehr, der sich dort langsam und zäh fortfraß. Das für die Zeit seines bisherigen halbjährlichen Aufenthalts spartanisch eingerichtete Zimmer war zwar öde wie eh und je, eine für eine kurze Zwischenzeit hergerichtete Notunterkunft. Aber andererseits waren der Bücherschrank an der Wand, der speckige Ledersessel, der auf dem Tatami-Belag platzierte Glastisch, die paar Kalligraphien an der weißen Wand und das Sofa in der Ecke jetzt so sehr mit Liza verwachsen, dass er kaum einen Ort hätte angeben können, wo er hätte lieber sein wollen. Und die Bestimmung jenes Zimmers hatte seit je nur das eine gewesen sein können: ihnen beiden eine schützende Hülle gegen die Außenwelt zu geben.

„Daddy, möchtest du meinen Schokoladeneis-Traum wissen?" fragte sie. „Ich möchte dich schlecken und lutschen, essen und für immer verschlingen. Felix, glaube mir, ich bin du."

Und er hatte die Phantasie, sie wie ein Tier auszustopfen, so dass er sie für immer und ewig hätte besitzen können.

Ein anderes Mal sagte sie, dass sie sich so oft wie ein Kind fühle, das nie zu fragen aufhören könne. „Woher kommt die Sonne?" „Warum ist das Blatt gelb?" „Warum leben wir?" Aber jetzt, hier mit ihm, sei das alles von ihr abgefallen. Nur noch die Gegenwart zähle für sie.

„Überhaupt. Warum nicht einfach ein Idiot sein, Felix? Was macht es schon aus, ein Idiot zu sein? Sag mir! Warum kann ich nicht einfach ein Tier sein, das nur lebt und sich nie fragt: Warum?"

Sie konnte auch nicht damit aufhören, ihn beständig darüber auszufragen, wer er sei. Aber das war nur eine andere Art, ihn voll und ganz zu verschlingen.

Er erzählte ihr über seine Vorstadt-Kindheit. Wie er das erste Mal mit einer Fotokamera Bekanntschaft gemacht und gelernt habe, Fotografieren als eine andere Art des Malens einzusetzen. Wie er durch sein Fotografieren schließlich gelernt habe, die Dinge nur noch im Jetzt und Hier zu sehen, wie ihm Fotografieren zu einer Art Meditation, ein Sich-Hinein-Versetzen in den Gegenstand geworden sei. „Es gibt keine Rätsel zu lösen" meinte er. „Glaub mir, es ist nichts dahinter. Ich verstehe gut, was du meinst, wenn du sagst, dass du mit allem Fragen aufhören willst."

Er bekam nach langer Zeit wieder Lust zu fotografieren, holte seine Nikon aus der Tasche und visierte Lizas Gesicht durch den Sucher an. Er hing Jugenderinnerungen nach.

Wie starr und festgeschrieben die Verhältnisse in seiner Kindheit gewesen seien.

Er umkreiste erst das nach hinten gesteckte Haar von Liza und ging so nah wie nur möglich an ihre Lippen heran.

Wie berauschend aber auch diese Zeit gewesen sei. Die Pubertät sei direkt mit der allgemeinen Jugendrevolte zusammengefallen. All der Hass, alle Ängste, alle Sehnsüchte, die zwischen Kindheit und Erwachsensein in ihm geschlummert hätten, seien plötzlich äußere Realität geworden.

Welche Generation habe das schon erlebt?

„Ich hatte mich damals damit abgefunden, dass in ein paar Jahren die Revolution und dann das Paradies ausbricht."

Er konnte durch das Sucherfenster die Glut in Lizas Augen sehen und hatte dabei das Empfinden, als ob ihr Blick durch das Objektiv der Kamera hindurch, durch seine Augen mitten in ihn hineingedrungen wäre, um sich endgültig in ihm einzubrennen.

„Und ich bin das Produkt dieser Vergangenheit" meinte Liza lakonisch und zündete sich wieder einen Haschisch-Joint an. Ihren Vater habe sie nie richtig kennengelernt. Er sei nichts anderes als der kurzzeitige Lover ihrer Mutter gewesen. Er sei Koreaner gewesen.

Man könne ihr das ansehen. Sie sei halb asiatisch, halb westlich. In Korea würde man Mischlinge wie sie als *Kyobo* bezeichnen. Das war auch ein Grund, warum sie die Rolle in *Traumland* bekommen hätte.

Er ging wieder etwas mehr auf Distanz, bis er ihre ganze Figur durch den Sucher erkennen konnte.

Das einzige, was sie von ihrem Vater wisse, sei, dass er später heroinsüchtig wurde. Aber das sei ihr egal. Als kleines Kind habe sie zusammen mit ihrer Mutter bei Houston, Texas, in einer Art Hippie-Kommune, direkt am Meer gewohnt.

„Es kamen und gingen soviele Leute, dass ich heute mich an keinen einzigen mehr erinnern kann. Es war eine Shit-Kindheit." Als sie sechs geworden sei, habe sie ihre Mutter zur Grand-Ma nach New York abgeschoben. Alles sei plötzlich so anders geworden. Spiegelblankes Luxus-Appartement, Antiquitäten, eigenes Kindermäd-chen. Dort habe sie Deutsch gelernt. Ihre Großmutter habe nur deutsch mit ihr gesprochen.

„Manhattan ist vibrierend, laut, nervös, gemein. Man weiß nicht, wohin man sehen soll, weil es soviel zu sehen gibt." Manhattan käme nie zur Ruhe, die Stadt würde nie schlafen, das Leben würde nie enden. „Manhattan lässt dich fühlen, dass du lebst, während es dich killt. Manhattan ist wie ich."

Liza knöpfte ihre Bluse auf. Er versuchte, sie von der Seite, von vorn und von hinten halbnah zu fotografieren. Immer wieder fuhr Liza mit ihrer rechten Hand durch das Haar.

Wie ihre Mutter wieder ernsthaft studiert und sich in San Francisco selbständig gemacht habe, hätte ihre Großmutter sie wieder zu sich geholt. „Sie haben mich hin und her geschoben, wie eine puppet."

„Daddy, weißt du, dass ich auch schon mal als Stripperin gearbeitet habe. Lieber Feeeelix, es gibt etwas an mir, was du überhaupt nicht kennst!"

Er fotografierte sie noch besessener ab, als ob er sich auf diese Weise endgültig mit ihr vereinen könnte - anstatt nachzufragen.

Sie habe im College nicht mehr von den edlen Spenden ihrer reichen deutschen Großmutter und auch nicht von den nach Vergebung heischenden Schecks ihrer Mutter leben wollen. „Well, ich bin nach Washington, States, gegangen, ich glaube deshalb, weil ich dachte, niemand kann mich dort sehen. Suzie-Q-Bar. Oh God, es hat mir überhaupt nichts ausgemacht, nackt vor ihnen zu tanzen. Sie haben mich geliebt. Sie haben auf der Stage sogar meine Pussie abgeschleckt. Ich wollte immer schon, dass sie mich lieben. Ich wollte schon immer ein Star sein. Bist du schockiert?"

Was blieb ihm übrig als zu antworten: „Nein!"

Danach wäre sie nach Deutschland zu einem Verwandten ihrer Großmutter gegangen, ein im deutschen Filmgeschäft tätigen Produzenten, der ihr ein paar Kontakte vermittelt hätte. Es wäre für sie dort einfach gewesen, mit ihrem amerikanischen Akzent und ihrem rätselhaft exotischen Gesicht als Schauspielerin durchzugehen.

„In US kann ich es nie zu etwas bringen. Aber vielleicht klappt es in Stupid Old Gerrmany!"

Sie zog jetzt auch ihren Mini-Rock aus und setzte die Beine, die Proportionen ihres Körpers in Pose.

Sie liebe es, von einer Fotokamera umschmeichelt zu werden, sich schutzlos, provozierend, nackt vor den

Augen der künftigen Beschauer in Szene zu setzen.

Sie machte eine lange Pause. Dann meinte sie: „Felix, wenn jetzt nicht der Durchbruch kommt, ist es aus. Es ist nur ein Fernsehfilm, und mein Agent weiß nicht einmal genau, was für ein Film es sein wird. Aber es ist so wichtig für mich. Wenn ich diese Filmrolle nicht bekomme, dann ist es aus mit mir. Werbe-Fotos, Synchronisieren, im Kellertheater vor zehn Leuten spielen. Ich kann nicht mehr."

„Hab keine Angst!" bestärkte er sie.

„Felix, ich habe Angst. Komm mit mir rüber nach Germany!"

„Bleib hier!"

„Felix, du weißt! Die Chance kommt nie mehr!"

„Liza, ich komme zurück zu dir!"

„Ich habe soviel Angst um dich. Ich habe soviel Angst um mich. Felix, bleib bei mir!"

„Hab keine Angst!"

Er stand direkt über Liza, die sich auf dem Boden räkelte, und kartographierte mit seiner Kamera die Landschaft ihres nackten Körpers, den er so sehr liebte und am liebsten ewig für sich behalten hätte.

Du bist ich

1

Dunkle Wolken ziehen über dem trutzburgartigen Wohnhaus auf. Kolkraben sitzen oben auf dem Kamin, von dem der Wind schwarze Rauchwolkenschwaden nach unten drückt.

Eine in ein leichtes Dirndl gekleidete Magd eilt aus dem Portal heraus, stapft durch Wasserlachen und Schneereste auf die Straße und leert einen Eimer im Kanal aus. Wie sie wieder zurückeilen will und mit ihren Holzschuhen in eine Wasserlache springt, spritzt Schmutzwasser direkt auf den fleckigen Wintermantel des vorbeieilenden, buckligen Herrn.

Er droht ihr mit dem Regenschirmstock.

Die Magd ist schon wieder im Hauseingang verschwunden.

Der Herr drückt die Krempe seines abgetragenen Zylinders noch fester an den Kopf und sucht im Zickzack einen Weg zwischen den Wasserlachen. Stürmischer Wind peitscht die Zweige der kahlen Bäume über ihm. Mit dem Regenschirmstock in der Hand beginnt er Linien in die Luft zu zeichnen, wie ein Dichter, der Versfüße memoriert.

Da poltert eine schwarz überspannte, zweispännige Equipage hinter seinem Rücken auf dem aufgeweichten, matschigen Weg heran. Ein goldbetresster Kutscher mit schlammverschmutzten Stiefeln treibt auf dem Bock die beiden Rappen an, und vier Gendarmen in verdreckten

Uniformen laufen der Kutsche völlig außer Atem nach.

Durch das Kutschfenster ist Lolas Gesicht zu erkennen. Der Mann mit dem abgetragenen Zylinder schaut sie entgeistert und mit offenem Mund an.

Schmutzwasser spritzt von der vorbeipolternden Kutsche direkt auf seinen schäbigen Wintermantel.

Die vier Gendarmen keuchen vorbei.

2

Techno-Stampfen aus den Auslagen der Boutiquen, Musik- und Kosmetikläden gab den grell geschminkten und in kurzen Minis steckenden Susi Wongs den Takt vor, als sie mit ihren geschniegelten Freundinnen und Freunden die Einkaufsstraßen hinauf- und hinunterschlurften. Die senkrechten, grellen Neonleuchten mit den ihm damals noch unbekannten Hangul-Zeichen waren die einzigen Wegweiser im Konsum-Chaos, die uniformierte Schulkinder, tapsige Teenager, kreischende Modepuppen und langsam schlurfende Jung-Machos an Riffs aus Verkaufstischen mit Musikkassetten, Plastikspielzeug und Modeschmuck vorbeispülte.

Jeder und jede lachte, kicherte und feixte. Niemand war allein. Alle waren so jung.

Die Realität hatte sich in einen Werbespot verwandelt.

Er fühlte sich von diesem Werbespot ausgeschlossen.

Mehr denn je fühlte er sich nach dem Abflug von Liza allein.

Nichts würde sie trennen können, hatte sie ihm gesagt. Egal was die Leute sagen würden!

Er müsse ihr nur alles sagen, dürfe ihr nichts verschweigen. Er solle sie erforschen, und sie wolle ihn erforschen - bis in den letzten Grund ihrer Seelen.

„Bitte, sei ehrlich zu mir!" hatte sie noch zu ihm gemeint. „Du schuldest es dir selbst und mir. Okay, wenn du nur Sex von mir haben willst, sage es mir, und ich gebe es dir. Aber du musst ehrlich sein. Ich kann nicht aufhören, dich zu lieben."

Nicht nur dass er sich immer mehr allein fühlte, auch sein Foto-Auftrag wurde ihm immer lästiger. Er hatte schon mit dem Gedanken gespielt, alles aufzugeben und Liza nachzufolgen, es sich aber wieder anders überlegt. War Liza der Grund gewesen, dass er plötzlich jeden inneren Bezug zu diesem Land und seinem Auftrag verlor?

Früher hatte er gedacht, dass es für das Land der Morgenstille noch nicht so viele touristische Abziehbilder geben könne. Hier könnte man noch etwas entdecken: eine Form von Poesie, Innerlichkeit und Tiefe, wie sie im marktschreierischen Westen längst nicht mehr möglich war.

Aber die äußere Wirklichkeit war nur ein überdimensioniertes angeberisches Abziehbild des Westens, eine besinnungslos den westlichen Standards nach- und voraushechelnde Welt; die auf Größenwahnsinn und Minderwertigkeitskomplex gebaute Riesenstadt; sechzehnspurige Stadtautobahnen; viele hundert Meter lange U-Bahn-Höfe und die dahinein passenden U-Bahn-Züge; fünfzig, sechzig, siebzig Kilometer Entfernung zwischen den Endhaltestellen; funkelnde Wolkenkratzer auf gespenstisch leeren, öden Plätzen; protzige Hotels und Einkaufspaläste, in die sich Zehntausende stoßen; Hunderttausende von Autos, die die Stadtautobahnen, Ringstraßen, Gassen und Trottoirs zustopfen; Millionen von Menschen, die sich durch zehn Meter breite Fußgängerzonen drängen; und grauer, manchmal gelblicher Smog, der Stadtautobahnen, Wolkenkratzer, Hotels und Einkaufspaläste schließlich ungnädig zudeckt.

3

Es war an einem dieser schwülen heißen Augusttage, an dem jeder Schweißfleck auf Kleidern und Schuhen sich mit Schimmel überzieht, als er Lizas e-mail erhalten hatte. Er blieb gleich bei der einen Stelle hängen, auf der sie ihm schrieb: „Ich möchte Sex mit dir haben. Probieren wir alle pink hotel-rooms in der Welt! Mit dir ist alles anders. Es ist so ganz anders als fucking mit einem Mann für eine Nacht. Ich weiß, du bist nicht der Mann meiner Träume. Ich habe sowieso keine Träume. Ich habe keinen Ideal-Mann. Aber ich liebe dich mit allen deinen Fehlern, richtig oder falsch, that doesn´t matter."

Er ging zum Fenster, das er offen gelassen hatte, weil er sich davon etwas Kühlung erwartete. Aber das dumpfe

Schnauben der gerade anfahrenden Lastkraftwagen-Monster, das Hupen der Taxifahrer, wie sie weit über der Geschwindigkeitsgrenze den übrigen PKWs nachhetzten, war unerträglich geworden. Jetzt plärrte auch deutlich heiseres, krächzendes Tonband-Geschrei bis in den fünfzehnten Stock herauf: „Tanggun, i paek won!!! Yangpa, chon won!!! Mannul, sam paek won!!! Kamja, sa chon won!!!"

Er schloss das Fenster, las weiter und erfuhr, dass sie dabei war, Blitzkarriere zu machen

„Vor zwei Tagen hat mich die Film-Company angerufen" las er. „Ich bin zur Company gegangen. Sie wollen mich für den Fernsehfilm!!! Ich weiß immer noch nicht, was ich spielen soll. Es soll eine größere Rolle sein. Sie haben auch schon die Presse informiert. Ich soll TV-Interviews geben. Es ist alles so neu, incredible. Gestern habe ich einen Screentest gemacht!"

„Tanggun, i paek won!!! Yangpa, chon won!!! Mannul, sam paek won!!! Kamja, sa chon won!!!"

4

Während der Wind im Schein der Gasstraßenleuchter dicke Schneeflocken durcheinander wirbelt, kommt die schwarze Equipage auf einem pflastersteinernen Platz zum Stehen. In der Abenddämmerung ist hinten die Fassade einer rotbraunen Backsteinkirche mit gotischen Fenstern auszumachen.

Der goldbetresste Kutscher springt vom Bock, geht mit gemessenem Schritt zur Kutschentür und öffnet sie weit. Vier Gendarmen stolpern herbei und stehen tief nach Luft schnappend vor der Tür Spalier.

In eine dicke schwarze Pelerine gekleidet, ihren kleinen blauen Hut zum Schutz vor dem Wind mit der Linken fest auf den Kopf gepresst, in der Rechten eine Reitpeitsche, steigt Lola aus der Kutsche. Eine mittelalterliche Frau folgt, dann ein Herr in Offiziersuniform. Schließlich wendet sich die Gesellschaft nochmals zur offenen Kutschtür um. Die mittelalterliche Frau zerrt an einem Lederband, das ins Kutscheninnere führt. Sie lockt: „Herr Turk, kommen Sie! Herr Turk!!" Nichts rührt sich. Sie kommandiert: „Turk! Bei Fuß!" Augenblicklich springt eine riesengroße Dogge aus dem Kutschverschlag mitten auf das Kopfsteinpflaster und schüttelt mehrmals den Kopf hin und her. Die Lefzen schlappern nach links und rechts.

Lola und die Frau wenden sich zusammen mit dem Offizier, die Dogge hinterdrein, dem Häuserhalbrund auf dem Vorplatz der Kirche zu. Sie verschwinden in einer Tür zwischen den Auslagen eines Geschäfts.

Einige kleine Gassenjungen haben sich in gehörigem Abstand zum Geschäft versammelt, in dem Lola verschwunden ist. Bürgerfrauen stehen tuschelnd zusammen und drücken ihre Riegelhäubchen zum Schutz gegen den Wind fest auf ihre Köpfe. Mägde halten mit ihrer Arbeit inne, setzen Kübel, Körbe und Bündel ab.

Sie starren auf die Ladentür.

Ein Herr läuft seinem Zylinder nach, der vom Wind weiter und weiter über den Platz geweht wird.

5

„Da sehen Sie!", meinte Gutmann und deutete aus dem Bus auf einen verrunzelten Greis am Straßenrand hinunter, der mit einem kleinen Jungen einen Haufen aus Plastik-, Holz- und Papiermüll verfeuerte. „Sie müssen alles anzünden und in Rauch aufgehen lassen!" Eine Gestalt in der Sitzreihe vor ihnen sprang ihm ins Auge, die an einem Stück getrocknetem Tintenfisch kaute. „Völlig ungenießbar! Schmeckt wie Plastik! Es gibt so viel zu essen hier. Können Sie mir sagen, wieso es ausgerechnet getrockneter Tintenfisch sein muss?"

Von einer Suada zur anderen hangelnd, pausenlos, atemlos nörgelte Gutmann herum. Sie sollten endlich Englisch lernen und ihre Straßenschilder dementsprechend beschriften. Sie sollten richtig Autofahren lernen, sie sollten ihr dämliches Grinsen einstellen, sie sollten nicht mehr nach Knoblauch stinken…

Der Bus fuhr durch ein Gemisch aus Wellblech-Hütten, verfallenden Steinhäusern und im Giebel tief nach unten geschwungenen, kobaltblau gestrichenen Herrenhäusern. Riesige Plastikfolien-Gewächshäuser-Plantagen glänzten wie großflächige Seen in der Sonne. Ausgemergelte Frauen, das Handtuch um den Kopf gewickelt, harkten tief nach unten gebückt die Reisfelder um.

Gutmann war erst vor ein paar Tagen nachgekommen. Zusammen wollten sie zur alten Königsstadt. Aber spätestens als er mit ihm dicht an dicht im Express-Bus saß, bereute er endgültig, ihn jemals getroffen zu haben.

Vorn im Bus umklammerte ein Fünfzigjähriger mit verdreckten weißen Handschuhen das Lenkrad und stierte auf das schwarze Band der Straße vor ihm, das wegen der permanenten Bauarbeiten am Rand senkrecht abfiel. An den Fenstern wischten zerfräste, halbierte und zusammengestauchte Berge vorbei, durch die sich die im Bau befindliche Straße fraß. Wieder gab der Chauffeur Gas, um möglichst schnell vorn bei der langen Autoschlange aufschließen zu können, die hinter einem Lastwagen den Hügel hinaufkroch. Auf der anderen Fahrbahnseite rasten Hyundais, Daewoos und Kias den Berg herunter, dazwischen immer wieder Überlandbusse. Und jedesmal, wenn einer seiner Kollegen vorbeiwischte, knallte der Chauffeur wie Dr. Seltsam aus dem Kubrick-Film die Rechte zackig gegen die Stirn, um sie elegant im weiten Bogen wieder zurück zum Steuerrad zu führen.

Auf den Sitzen vor ihnen kicherten drei Schülerinnen in schwarz-blauen Schuluniformen, blinzelten verstohlen zu ihnen zurück, winkten mit der Hand und riefen ihnen „Hello!" zu, um sogleich wieder die Hand vor den vor Lachen prustenden Mund zu halten.

„Sehen Sie nur, wie sie grinsen" kommentierte Bernd

Gutmann. „Aber glauben Sie mir. Bald ist es aus damit. Hier auf dem Land gibt es keine Arbeit. Sie müssen in die Großstadt. Prostitution, Sie wissen. Junge Koreanerinnen! Versuchen Sie es einmal mit einer von ihnen. Keiner kennt Sie hier. Hier ist ein Mann noch ein Mann!" Dazu nickte er bedächtig und meinte nach einer längeren Kunstpause: „Es gibt keine Skandalnudeln wie Ihre, wie heißt sie wieder...? Gilbert? Liza Gilbert."

Der Buschauffeur bekam in diesem Moment endgültig Anschluss an die Schlange vor ihm. Obwohl die Autos in der Schlange dicht an dicht fuhren, machte er keinerlei Anstalten sich als letzter anzuschließen, drückte auf die Hupe und fuhr mit dem Schwung, den er noch von seinem Anlauf hatte, rasant links an der Autoschlange vorbei. Oben von der Hügelkuppe kam schon wieder die nächste Schlange des Gegenverkehrs.

Dr. Seltsam musste aber noch den zwanzig Meter langen Lastwagen überholen.

Gutmann war nicht der Sinn danach, das Verkehrsgeschehen zu verfolgen. Er begann, von seinen Vorstellungen über die gemeinsame Arbeit zu sprechen: „Ich weiß, was hier gespielt wird. Ich kenne Korea wie meine Westentasche. Wir werden ein gutes Team."

Der Busfahrer raste weiter auf der Gegenspur. Der Lastwagenfahrer hupte. Der Busfahrer hupte zurück. Im letzten Augenblick tat sich in der Schlange rechts eine Lücke auf, der Fahrer riss mit seinen weißbehandschuhten Fäusten das Lenkrad ebenfalls nach

rechts und schlingerte in die Lücke hinein. Der Lastwagen wischte links vorbei. Die Mitreisenden dösten
weiter vor sich hin. Wieder kam ein Überlandbus
entgegen. Der Busfahrer, jetzt auf der richtigen Fahrspur,
knallte die Rechte gegen die Stirn und wartete den
Gegenverkehr ab. Obwohl es im Schritttempo den Berg
hinauf ging, beschleunigte er gleich wieder und setzte
sich laut hupend auf die Überholspur.

6

Vom Laden, in dem Lola verschwunden ist, geht der
Blick über den kopfsteinpflasternen Platz hinüber zur
rotbraunen Backsteinkirche. Zahlreiche Bürger haben
sich dort in kleinen Gruppen zusammengefunden.

„Was braucha denn mir in Bayern a Welsche? Kannst
mer des sagn, Hermann?" ereifert sich ein vor dem
Fundament der Backsteinkirche stehender, hager und
asketisch wirkender Mann mit kleinem Oberlippenbart zu
seinem stämmigen stiernackigen Nachbarn. Der blickt
mit haßerfüllten Augen nach oben. „Ja, Dolfl, was sollt
mer da sagn? I glab unser Kini is verruckt wordn, dass er
se in so a Malefitzluda verschaut. Auseschmeißn sollt
mers aus unserer schena Mianchner Stodt!" erregt sich
der Stämmige und stemmt die Hände in die Hüften.

„Oba a fesch Dearndl is scho. Des muaß ma unserm
Kini scho lassn, des is scho a Hund!" mischt sich der
schlaksig Hochaufgeschossene mit Zylinder und

74

Gehstock ein.

„A fesch Dearndl? Da pfeif i draf. A Matz is, sog i dir, nix anders als a Matz!" geifert der Asketische. „A groß Madam wills sei mit unserm Geld!"

Jetzt meldet sich eine untersetzte Gestalt mit einem kleinen Schnauzer über dem Mund und Zwicker vor den Augen zu Wort: „A Perlnkettn hats um ihrn nackertn Hals ghabt."

„No, da hats zmindeat ebbes zum Anzlehn. I hob ghert, de vermaledeite Weibsperson hat überhapt nix unter ihrer Tracht anzogn. De is drunter nackert. I sog dir, Hermann, de is vom Teifi!" geifert der Asketische weiter.

„Des derfst glabn!", bestätigt der Stämmige, „Der Heini hot mer erzählt, dass jede Nacht a schworze Kroaha zu ihrem Fensta neifliagt!"

„Stimmt!" sagt der Untersetzte mit dem kleinen Schnauzer.

„Aber meine Herrn, glabts doch net alls, wos d´Leit redn. A schworze Kroaha werd der zum Fensta neigflogn sei? Dass i net lach!" wendet der schlaksig Hochaufgeschossene ein.

„Valentin, willst sagn, dass i liag?" droht der Stämmige und stemmt beide Arme provozierend in seine Hüften.

Plötzlich reißt er seine Hände militärisch nach unten und wendet sich nach links. Die Gruppe folgt seinem Beispiel und macht einen Bückling.

Ein Priester mit weiter schwarzer Soutane und ein Theologieprofessor mit schwarzem Umhang und dreispitzigem Hut schreiten an der Gruppe vorbei.

„Dominus vobiscum!"

Die vier verbeugen sich noch tiefer: „Et cum spirito tuo!" und verharren dann kurz und schweigend.

Sie blicken den Geistlichen nach. „Miaß mer am End wohl a Meß lesn lassn, dass mer von der ausländischn Theaterprinzess befreit werdn!", meint der Asketische. „Des is a Schand, wos se de alles erlaubn derf."

„Ja, a Schand!" erregt sich der Stämmige, „Wos solln Kenigin dazu sagn. Des is doch a Sünd."

„Der König werd scho wissn, was er tat" empört sich der Schlacksige. „Wos solln scho dran verkehrt sei, wenn er ab und zua a schens Dearndl bsuacha tat?"

„Bsuacha werd ers, bsuacha", erwidert der Asketische, „Verhext hats ihn, de Matz, de schlampige, verhext hats... Habe die Ehre, Herr Gerndarm."

Ein blaubefrackter Polizist geht auf die Gruppe zu. „Wos gibts denn mittn auf der Straß so laut zu dischkutiern? Wollts net weitergehn, Leitln!"

„Na, wos wirds scho zum Dischkutiern gebn? De spanische Theaterprinzeß freili. De is grad da drin beim Schmidt-Juwelier!"

„So, so", meint der Polizist, „habts denn gar nix zum arbeitn."

„Da!", ruft der Untersetzte mit dem kleinen Schnauzer aufgeregt. „Da! Sie kimmt, sie kimmt aussi!!"

7

Als er zusammen mit Gutmann am Nachmittag die Königsstadt erreicht hatte, schien es, als ob sich der Pazifik in Wolken verflüchtigt hätte, um sich ausgerechnet hier wieder in Wasser aufzulösen. Ein Taifun hatte die Stadt gleichzeitig mit ihnen erreicht. Straßenbäume waren umgeknickt, und die noch unversehrten peitschte der Wind bedrohlich bis zu 45 Grad nach unten. Dort, wo die grün begrasten Königsgräberhügel hätten sein sollen, konnte er bei der Taxifahrt zum Hotel nur noch grauschwarze Sturzfluten ausmachen. Dampf, Nebel und Regen hüllte die Pagoden und Türme ein. Und so wie die alte, legendäre, über und über von Gold prunkende Stadt am Ende des ersten Jahrtausends in der Rivalität mit anderen Reichen untergegangen war, so schien dies ausgerechnet jetzt mit den übrig gebliebenen, kümmerlichen Resten zu geschehen. An diesem Nachmittag war es, als ob sie im Pazifik versinken sollten.

Er kam heil im Hotel an und suchte sogleich den Aufzug, um in seinem Hotelzimmer Sicherheit zu finden. Er kramte seinen Tablet-Computer heraus und wählte darauf die Nummer von Liza. Nachdem er ein paar lange Sekunden in das Tuten des Computer-Programms hineingelauscht hatte, das ihn über zehntausend Kilometer weg mit ihr verband, konnte er klar hören, wie sie mit ihrer hellen Stimme rief: „Felix!!" Felix! Bist du es wirklich! Es tut so gut, deine Stimme zu hören!"

„Liza!"

„Warum hast du mich die letzten drei Tage nicht angerufen! Keine E-mail! Kein Anruf! Nichts! Nichts!"

„Ich war unterwegs!"

„Unterwegs!! Was meinst du, wie oft ich unterwegs bin! Aber ich habe es nicht mehr ausgehalten ohne dich! Ich habe heute abends alle Termine abgesagt, nur in der Hoffnung, dass du mich anrufst!"

Sie fragte ihn frei heraus: „Liebst du mich noch?!"

„Natürlich!" sagte er. Er habe war eine fürchterliche Fahrt gehabt, aber fast ununterbrochen nur an sie denken müssen. Er habe ständig ihre Stimme gehört.

„Du machst Karriere?"

„Wenn du nur bei mir sein könntest! Ich fühle mich so verlassen und einsam!" klagte sie. In Kürze würden die Dreharbeiten beginnen. Aber sie habe immer noch kein Drehbuch. Sie fühle sich so ausgenutzt, von irgendwelchen Pressefuzzis und Agenten hin und her geschoben.

„Felix! Ich brauche dich so sehr! Ich bin so allein hier!"

„Wie war denn das mit der Presse?" fragte er.

„Das war fies. Der wollte wissen, wie ich, als drittklassige Schauspielerin... drittklassig sagte der... wie ich es schaffen will, eine Hauptrolle zu spielen?" Nach einer Pause setzte sie hinzu: „Da habe ich ihm eine gelangt!"

Er versuchte begütigend auf sie einzureden: „Liza, du musst professionell arbeiten. Skandale sind Gift!"

„Du mit deinen Belehrungen! Ich bereue es nicht!

Reue macht das Leben schwer. Hör auf, dein Leben zu beobachten! Sei du selbst! Du bist das, was du tust, was du fühlst, was du liebst. Du musst dein Leben genießen, dein einziges Leben, und es ist verdammt kurz! Hör auf, dich darüber zu wundern, was die Welt über dich denkt, wie sie dich beurteilen! Ich habe keine Angst, dass man mir weh tut, und ich habe auch keine Angst, anderen weh zu tun!"

„Komm, das sind doch nur Worte - Worte!" sagte er.

„Nein, das sind nicht bloß Worte! Du musst deine Gefühle loslassen, und du musst deine Gefühle gleichzeitig fühlen. Du musst das gleichzeitig beherrschen. Ich glaube, das ist es, was mich zur Schauspielerin gemacht hat. Folge deinen Gefühlen, nicht einer Moral oder sonstwelchem Bullshit!!"

Sie hatte sich in Rage geredet, stoppte aber plötzlich mitten in ihrem Redefluß.

Er sagte in die Redepause hinein: „Du würdest ganz gut in das Korea-Buch passen. Eine Schamanin! Schauspielerinnen sind überhaupt nichts anderes als Schamaninnen. Nach dem Zeitalter der Religion ist die Welt wieder beim Schamanismus angekommen…"

Er stockte.

Sie stöhnte: „Weißt du, dass ich nackt im Bett liege?"

„Nein!" sagte er.

„Meine Brustwarzen sind ganz hart!"

8

Es war am nächsten Tage, als er mit seinem Handwerkszeug bei Goldkronen-, Goldglocken- oder Glücklicher-Phoenix-Grab hantierte. Vor den zwanzig bis dreißig Meter hohen Hügelgräbern, in denen Könige, Königinnen und Schamaninnen begraben worden waren, tummelte sich eine Reisegruppe von Frauen in traditionellen, schreiend roten, gelben und grünen Festtagskleidern.

Während er versuchte, im Sucher der Kamera die Grabhügel und die Frauen einer symmetrischen Ordnung zuzuführen, schob sich plötzlich das spitzbübisch wirkende, feist grinsende Gesicht von Gutmann vor seine Linse: „Guten Tag, die Herrschaften! Ich habe schon gedacht, Sie verloren zu haben."

„Hallo!"

„Schönes Wetter heute. Unglaublich dass hier vor gerade einmal tausend Jahren fast eine Million Menschen gewohnt hat. Prächtiger als alle damaligen Städte in Europa zusammen! Denken Sie an meine Worte, wenn Sie Ihre Fotos machen!" beschied er ihm in seiner kehligen, immerzu hüstelnden Stimme, geradezu als ob er etwas zu verbergen hätte.

Statt einer Antwort klappte er die Stativfüße wieder zusammen, um seinen Apparat just an dem Ort zu platzieren, wo Bernd Gutmann stand. Der äugte ihn misstrauisch an, hielt ihm eine Zeitung vor die Linse und teilte ihm mit: „Wissen Sie, was ich gerade gefunden habe. Das sollten Sie lesen."

„Danke!"

„Sie sollten es lesen."

„Danke!"

„Es ist etwas über Liza Gilbert!"

Unwirsch riss er ihm die Zeitung aus der Hand.

Die dicken Schlagzeilen auf der ersten Seite berichteten von ersten Scharmützeln zwischen der regulären amerikanischen Armee und dem neuen abtrünnigen Staatenbund im Südwesten der USA. Dort hatten die Rebellen auch schon die Atombomben-Fertigungsanlagen in Albuquerque, zahlreiche Raketen-Abschussbasen und Militärstützpunkte requiriert.

Über Liza Gilbert konnte er nichts finden.

„Sie müssen nach ganz hinten, ganz hinten auf die letzte Seite sehen!" merkte Gutmann an.

Jetzt fand er den Artikel:

„Die Filmschauspielerin Liza Gilbert wird angeklagt, während eines Fluges den Flugbetrieb gestört zu haben. Polizeiberichten zufolge hat sie auf einem Flug von Nizza nach München das Rauchen trotz striktem Verbot nicht eingestellt und den Steward und verschiedene Passagiere mit obszönen Worten beleidigt. Nach der Landung in München wurde sie in Polizeigewahrsam genommen."

Die Tür zum Geschäft geht auf. Zuerst ist die Dogge Turk zu sehen, die die mittelalterliche Frau nachzerrt. Beide bleiben kurzzeitig vor der Tür stehen, bis endlich auch Lola, Reitpeitsche in der Rechten, aus dem Inneren des Geschäfts ans Tageslicht nachkommt. Der Juwelier macht in der Türe einen Bückling nach dem anderen: „Habe die Ehre, Madame! Habe die Ehre, gnädige Frau! Besuchen Sie uns wieder!"

Die Gruppe geht zum Laden im Nachbarhaus, in dessen Schaufensterladen dicke ledergebundene Bücher aufgereiht sind. Lola wendet sich vor der Eingangstüre an die Frau: „Augusta, warte Sie mit Herrn Turk hier!" Dann verschwindet sie mit dem Offizier hinter der Tür.

Ein von schweren Haflingern gezogener Brauerei-Wagen fährt vorbei und hält neben dem Buchladen. Der dicke, schwer schwitzende Kutscher steigt ab und kippt auf der Ladefläche ein Bierfass um. Ein Knecht legt zwei Balken bereit, auf denen das Fass auf das Pflaster hinabgerollt werden kann.

Der Wind treibt Schneeflocken über den Platz.

Lola und der Offizier kommen wieder aus dem Buchladen und gehen zusammen mit Augusta und Turk in Richtung Brauerei-Wagen, wo der Kutscher und der Knecht langsam das Fass herunterlassen.

Plötzlich bekommt der Knecht das Fass nicht mehr richtig im Griff. Der Kutscher muss schnell nach hinten zurückweichen, um es abfangen zu können.

Er gerät direkt in die Gehbahn von Turk.

Ohne Vorwarnung schnappt die Dogge nach seinem Unterschenkel. Erst schreit der Kutscher vor Schmerz auf, bringt das Fass zum Stillstand und wendet sich erst erschrocken, dann erstaunt, schließlich wutentbrannt zu der Gesellschaft hinter seinem Rücken, die er bisher noch nicht bemerkt hatte: „Kruzifix!!!" Er langt zu einem Stock auf der Ladefläche des Brauerei-Wagens, um nach dem knurrenden Hund zu schlagen.

Wie er zum Schlag ausholt, steht plötzlich Lola vor ihm und schlägt ihm einmal, zweimal, dreimal, viermal mit ihrer Reitpeitsche ins Gesicht: „Wage er es, Herrn Turk zu schlagen!!!"

Perplex hält der Kutscher im Schlag inne, schaut Lola unschlüssig mit stierem glasigem Blick und offenem Mund an. Unentschlossen hebt er den Stock gegen sie, belässt es aber, immer noch fassungs- und sprachlos, bei der Drohgebärde.

„Augusta, folge sie mir!" befiehlt Lola ihrer Gesellschafterin.

Von allen Seiten des Platzes kommen die Gaffer herbeigelaufen. Erst umringen sie laut lärmend den Kutscher, marschieren dann stumm und hasserfüllt Lola nach. Anwohner kommen aus den umstehenden Häusern.

Der Asketische, Dolfl, schreit: „Zum Deifi mit ihr!!" Der Stämmige, Hermann: „Weg mit der Matz!" Der mit dem Zwicker, Heini: „Bringts de Hex um!!!"

Lola herrscht den sie begleitenden Offizier an: „Leutnant von Bauer! Tu er doch was, tu er doch was!!"

Leutnant von Bauer befiehlt den vier Polizisten: „Die Säbel blank!", worauf diese ihre Säbel drohend in die Luft schwingen. Er selbst zieht seinen Degen zur Hälfte aus der Scheide.

Die Verfolger machen Halt.

Lola besteigt mit ihrer Gesellschaft rasch die Equipage, die polternd den Ort des Geschehens verlässt.

Kurz wirft sie noch einen Blick nach hinten durch das kleine Fenster in der Rückwand der Kutsche.

Im Schneetreiben ist auf dem weiten Platz die Menge auszumachen, wie sie ihr, Drohgebärden machend, nachschaut.

Die vier Polizisten rennen der Equipage im Laufschritt nach.

10

„Wie kann man sich nur in eine Schauspielerin verlieben?!" sagt eine Stimme zu ihm. „Wie kann jemand Lust daran finden, ein anderer zu sein als er selbst?" Dann sagt er selbst, laut, jedes Wort der Stimme in ihm einzeln betonend: „Wie – kann – man - sich - nur - in - eine – Schauspielerin - verlieben?"

In der Mitte des weißen Verbands um seinen Bauch ist ein großer roter Blutflecken.

„Lügnerin!" zischt eine Stimme.

„Alles wird gut! Gleich wird sie kommen, gleich! Ganz bestimmt! Alles wird gut!" beruhigt eine andere Stimme.

Der schwarze Schmetterling flattert vor dem Bildschirm auf und ab.

11

„Lieber Felix", schrieb sie in ihrer e-mail, „du willst eine Erklärung. Ich weiß nicht, wie ich es erklären soll. Aber eines musst du wissen: Glaube es nicht! Glaube nichts, was du gelesen hast.

Ich weiß, was du jetzt von mir denken musst.

Lass mir erklären. Es war ein deal. Es war eine Idee der Presse-Abteilung.

Ich soll Skandale provozieren, um mich und den Film ins Gerede zu bringen. Dass Skandale Gift sind, das war einmal. Sie wollen genau das Umgekehrte.

Du musst eine geile Show abziehen. Du musst ihnen das Maul stopfen, bevor sie es überhaupt aufreißen können!

Wortwörtlich!

Der Produzent hat uns in seine Villa nach Nizza eingeladen. Und er hat einen ganzen Abend lang mit mir darüber geredet, wie ich den Publicity Stunt machen soll.

Ich soll Geschichten liefern. Sonst würden die schreiben, was ihnen gerade so einfällt.

Und weißt du was? Ich war einverstanden.

Ich will nicht mehr ins Kellertheater zurück, ich will nicht mehr zuhause sein und nichts anderes machen, als auf den nächsten Anruf vom Agenten zu warten.

Und es war ganz einfach. Und es hat Spaß gemacht! Wirklich! Ich habe nur eine Zigarettenschachtel aufmachen und eine Zigarette anzünden müssen. Der Steward ist gekommen, und ich habe ihn mit amerikanischen Worten beschimpft, die ich dir hier nicht sagen will. Die Sitznachbarin hat sich eingemischt. What a mess!! In München haben sie mich zur Polizei geführt.

Es war genau das, was sie gewollt haben. Journalisten, die darüber schreiben, gibt es genug.

Aber weißt du was? Ich weiß immer noch nicht genau, in welchem Film ich überhaupt mitspiele. Ich habe immer noch nicht das Drehbuch gesehen. Ich bekomme Stück für Stück das Skript immer nur einen Tag zuvor. Wolf, der Director, meint, das wäre besser so. So könnte er am besten seine Visionen verwirklichen.

Visionen?

Shit-Visionen!

Und jetzt soll ich auch noch blaue Kontaktlinsen tragen. Kein Mensch erklärt mir, warum.

Ich verstehe, warum ich die Rolle bekommen habe. Weil mich niemand kennt! Weil ich ihnen keine Schwierigkeiten machen kann! Weil ich ein exotischer Kyobo bin!

Sie können mit mir machen, was sie wollen. Ich bin eine Puppe in ihren Händen.

Und, Felix, ich habe dir gesagt, dass ich immer ehrlich zu dir sein will und dass du immer ehrlich zu mir sein sollst. Ich muss es dir nicht sagen, aber ich sage es trotzdem.

Felix, es hat einen Mann gegeben, Patrick. Er ist so etwas wie mein Fahrer, Bodyguard, Aufpasser, alles in einem. Ich will die Wahrheit sagen. Ich habe etwas mit ihm gehabt. Aber glaube mir. Er bedeutet mir nichts, absolut nichts. Es war eine schwache Stunde. Ich war betrunken.

Du wirst fragen, warum ich betrunken war, warum ich eine schwache Stunde hatte.

Als ich zur Party ging, konnte ich nur noch an dich denken. Deine Stimme war ständig in mir, ich konnte dich nicht haben. Dafür alle anderen. Wärest du doch da gewesen! Ich hätte mit dir getanzt, meine Hüften an deinen Körper bewegt, ich hätte dich immer und immer wieder geküsst. Du hättest deine Hände an meinen Brüsten gehabt, an meinen Hüften, unter meinem Kleid, du hättest fühlen können, wie ich mich ganz sanft an dir gerieben hätte. Mit dir hätte ich wirklich im Haus nach oben gehen wollen.

Aber als er in mir war, wünschte ich, du wärest es.

Ich fühle mich idiotisch und schwach. Ich schäme mich. Ich sollte dich in meinem Herzen und in meinen Gedanken sterben lassen. Aber ich kann nicht. Ich vermisse dich. Ich vermisse dich so sehr. Wie ich mit Patrick war, merkte ich erst wie sehr ich mit dir zusammen sein will. Ich hatte absolut keinen Wunsch, diesen Mann überhaupt zu berühren, zu küssen. Ich kann es selbst nicht glauben. Ich hatte wirklich kein Gefühl für ihn. Er war nur die langweilige Hülle von dem, den ich wirklich will.

Nimm meine Hand. Ich nehme deine und werde sie zu meinem Herzen führen. Nimm meinen Mund, nimm meine Brüste. Verschling mich, dreh dich um mich, tanz um mich! Ich kann uns tanzen sehen, deine Arme in meinen Armen, ich höre dein Lächeln in meinen Augen. Felix, komm in meinen Tanz, komm in meine Melodie, komm in meine Musik! Felix! Tanz mit mir durch das Leben, durch die Welt und in den Weltraum hinaus. Tanz mit mir! Tanz mit mir!

Ich will dich, dich, dich, dich, Felix! Ich kann es nicht mehr ertragen, ohne dich zu sein!

Es ist zwei Uhr Nacht. Ich liege nackt im Bett. Ich möchte deine Hände an meinen Brüsten haben, an meinen Hüften, zwischen meinen Beinen.

Aber ich kann nicht nur in der Vergangenheit leben. Ich brauche die Gegenwart. Ich kann nicht aufhören, an dich zu denken. Gib mir, was du mir damals gegeben hast. Ich will es noch einmal spüren. Nur du kannst es. Meine Erinnerungen gehen schon wieder zurück in das rosarote Hotelzimmer.

What the fuck is wrong with me? War ich so sehr verzweifelt, dass ich mich so sehr verliebt habe?

Liza"

Du und ich

1

Eine Faust klopft an eine Tür. Augusta wispert: „Madame, Madame, er ist da!"

Lolas Stimme: „Er soll eintreten!"

Die Tür öffnet sich. Zögerlich, links und rechts um sich blickend, erscheint Leutnant von Bauer im Türrahmen. Lola eilt zu ihm und reicht ihm die Hand zum Kuss.

„Endlich sind Sie da, endlich! Es ist Schreckliches geschehen. Erst diese skandalöse Geschichte vor der Frauenkirche. Und jetzt auch noch das!" echauffiert sich Lola.

„Was ist denn?! Was ist denn?"

„Da sehen Sie! Da sehen Sie!"

Sie zeigt auf einem Zettel und dirigiert ihn zur Chaiselongue. Er lässt sich auf der rechten, sie lässt sich auf der linken Seite nieder.

Sie wedelt mit dem Zettel in ihrer Hand herum: „Ludwig hat mir durch seinen Diener eine Nachricht zukommen lassen. Stellen Sie sich vor: Ich soll mich um zwei Uhr nachmittags bereithalten!"

„Was ist daran so exzeptionell?" fragt der Leutnant. Er fasst begütigend nach ihrer linken Hand.

„Bereithalten! Verstehen Sie nicht! `Bereithalten` schreibt er! Und dann schreibt er noch: Baron von Spessart wird mich vorher instruieren! Instruieren über was, frage ich Sie?!"

„Es wird sich um den Bierkutscher bei der Frauenkirche handeln. Der Polizeidirektor hat eine Untersuchung eingeleitet, wie Madame wissen!"

„Polizeidirektor!!" schreit Lola auf und schlägt mit der flachen Hand laut knallend auf den Beistelltisch. „Erinnern Sie mich nicht an den Polizeidirektor. Zur Hölle mit ihm!!"

Erschrocken nimmt der Leutnant seine Hand von der ihren.

Da geht die Türe schlagartig auf. Ein rotbefrackter, goldbetresster Diener mit Allongeperücke steht im Raum. „Madame! Entschuldigen Madame mein Eindringen! Ein Knall! War da nicht ein Knall. Verehrteste Madame! Sind Sie wohl auf?"

„Natürlich bin ich wohl auf!" faucht ihn Lola an. „Johann, was erlaube er sich, unaufgefordert einzutreten!!"

„Entschuldigen Sie tausendmal! Madame, ich war in Sorge. Pardonnez-moi! Pardonnez-moi!" stammelt der Lakai und trippelt mit einer tiefen Verbeugung zur Tür hinaus.

„Madame beruhigen Sie sich!" ist die begütigende Stimme des Leutnants zu hören. Er fasst wieder mit beiden Händen ihre Rechte: „Sie werden sehen, es wird sich alles in Wohlgefallen auflösen. Nur eine polizeiliche Routine-Maßnahme, nichts anderes! Seien Sie froh, dass es eine Untersuchung über diesen skandalösen Aufruhr gegen ihre hohe Person gibt. Die Wahrheit wird siegen!"

„Ich bin eine bemitleidenswerte Person. Welch ein Glück, dass es noch aufrecht und christlich gesinnte Männer gibt!"

Sie rückt näher zu ihm und legt ihren Kopf auf seine Brust.

„Comtesse, ich bin immer an Ihrer Seite. Sie können sich voll auf mich verlassen!"

2

Gutmann hatte sich vor ein paar Jahren mit ein paar Artikeln als Korea-Spezialist ausgewiesen, konnte auch ein wenig Koreanisch sprechen. Er hatte in Gutmann schon immer nichts anderes als einen dümmlichen angemaßten westlichen Übermenschen gesehen, der die koreanische Wertschätzung für westliche Kultur und die damit verbundenen, vermeintlichen Minderwertigkeitskomplexe gnadenlos ausnutzte: Big in Korea!

Kolonialisten und Neokolonialisten hatte es in Korea schon immer gegeben - so hatte er gedacht.

Mehr denn je bereute er es auch, dass er Gutmann einmal Liza vorgestellt und ihm später auch noch von ihren Erfolgen in Europa erzählt hatte.

Der Vertrag mit dem deutschen Verlag hatte es so gewollt, dass sich beide die Arbeit teilen mussten: Er war für die Fotos, Gutmann für die Texte verantwortlich. So blieb ihm nichts anderes übrig als tagelang die Fortsetzung von Gutmanns Suada über sich ergehen zu lassen.

Seine Stimme gellt ihm immer noch im Ohr.

Die Mönche sollten mit ihrer bigotten Bettelei aufhören. Sie sollten mit ihrer Geschäftemacherei aufhören, sie sollten aufhören, nach Knoblauch zu stinken. Pausenlos, atemlos, kopflos hatte sich Gutmann von einer Assoziation zur anderen gehangelt. Und auch jetzt, als sie beim buddhistischen Tempel angekommen waren, als das erste Mal die westlichen Fantasien zur fernöstlichen Wirklichkeit zu passen schienen, hatte Gutmann nur Augen für einen angekokelten Haufen aus Plastik-, Holz- und Papiermüll am Rand des Pfades, der zum Tempel hinunterführte.

Er versuchte sich ganz auf die Kamera-Arbeit zu konzentrieren und Gutmanns Stimme weiter und weiter wegzuschieben. Endlich hörte er auch wieder das an- und abschwellende Kreischen der Zikaden, hörte die Schwärme von Kleinstvögeln, wie sie aus den Gebüschen stieben, hörte, wie von unten ein Windzug durch die Föhren- und Eichenbäume rauschte, um sich schließlich hier oben raschelnd in den Bambusblättern zu verfangen.

Er hatte die Schieferdächer des Klosters unten im Tal im Sucher und tastete sich mit dem Zoom immer näher an den Haupttempel heran.

„Der Tempel gehört zu den drei Sambosachal-Tempeln. Zwölf berühmte Mönche kommen von hier. Sechs- mal vierhundert Meter groß mit drei Haupttempeln, zehn Nebentempeln und den Wirtschaftsgebäuden. Ich schlage vor, Sie fotografieren Bisarigusi,

Seungseon-Brücke, Neunggyeonnansa…"

Die Stimme Gutmanns war wieder da.

Während Gutmann den Trampelpfad hinunterstapfte und weiter Ratschläge monologisierte, ließ er sich erst einmal viel Zeit beim Fotografieren.

Schon als er weit oben auf dem Berg gewesen war, hatte sich diese Feder- und Lianen-Vision seiner Sinne bemächtigt. Das da unten war nicht nur ein Tempel am oberen Ende eines Flusses im Gebirge. Das war vielmehr ein Ort, der nicht von dieser Welt ist. Je näher er sich von oben genähert hatte, desto deutlicher hatte er es gesehen: die Tempeldächer waren graue Vogelfedern, die vom Himmel auf rote, tief und dick aus der Erde sprießende Holzstämme hinuntergeweht worden waren. Später, direkt vor dem Tempel, hatte er auch die Enden eines Schlinggewächses ausmachen können, das sich an diesen Holzstämmen hochgewunden und in Gestalt grünblauer Konsolen, Erker und Kapitelle das Federdach auf dem Boden festgezurrt hatte. Und als er schließlich ins Innere des sich zwischen Himmel und Erde aufgetanen Raumes gekommen war, sah er es wieder ganz deutlich: ein in grünen, blauen und roten Farben aus dem Boden wucherndes Schlinggewächs, aus dem die Augen einer Unzahl von Geistern und Dämonen, Teufeln und Engeln funkelten. Und in der Mitte des Raums war diese goldene Gestalt, völlig in sich gekehrt zwischen Himmel und Erde: Buddha.

Es suchte die direkt aus dem Schamanismus stammenden, um den Buddha herum versammelten Licht- und Schattengestalten mit der Kamera. Aus dem Ensemble entfernt und groß im Bild wirkten die kahlköpfigen Weisen mit dem schmalen Oberlippenbart noch erleuchteter. Die ansonsten winzig kleinen, gehörnten Teufel, die die armen Seelen aufspießten, zersägten, verbrühten und ihre Zungen festnagelten, wurden in der Vergrößerung tatsächlich grauenhaft. Den gekrönten mächtigen Königen mit den riesigen Augen und den drohend nach oben gerichteten Augenbrauen war leicht von unten aufgenommen um so mehr die Strenge des Gesetzes anzusehen. Das unübersehbare, in Grün, Blau und Rot gehaltene Konsolengebälk wurde im Sucher der Kamera endgültig zum Lianengeflecht.

Und immer wieder suchte er Buddha, die im Lotussitz zwischen Himmel und Erde schwebende Lichtgestalt.

Nachdem er das Innere des einen Haupt-Tempels fotografiert hatte, machte er auf dem Vorplatz weiter, wo unter einer Granitpagoda zwei kahlrasierte, weibliche Mönche in grauen Kutten saßen.

3

Es war das erste Mal, dass er mit Mi Sun Park gereist war, eine graduierte Kunststudentin, die als freie Mitarbeiterin für einen koreanischen Verlag tätig war. Es war ausgemacht worden, dass sie ihn von Zeit zu Zeit mit ihren Dolmetscherdiensten helfen sollte - gerade in

Gegenden wie dieser: ein kleines Reisbauerndorf, wo nach seinen Informationen der Kut, das schamanistische Ritual stattfinden sollte.

Aber selbst mit ihr verirrte er sich im Labyrinth der Dorfgassen, eine kläffende Hündin mit riesengroßen Zitzen auf den Fersen. Kein Mensch, kein Geschäft war in der Geisterstadt auszumachen. Hinter den mannshohen grauen Zementmauern nichts als wellblechgedeckte, halbzerfallene Dächer.

Während sie herumirrten, blieb Mi Sun mit einem Mal stehen und deutete in die Seitengasse, an deren Ende ein riesiger, uralter Baum sichtbar wurde. Darunter hatten sich ein paar Dutzend Leute um eine wild kreischende Frau versammelt. Sie hatte einen großen, weißen, kronenartigen Papierhut auf, steckte in einem weiten, weißen Kleid und wirbelte um ihre eigene Achse herum.

Es war die Schamanin.

Als sie sich von hinten dem Halbrund der Zuschauer genähert hatten, war ihr gellendes Schreien in einen heulenden Singsang übergegangen. Die verrunzelten, braungesichtigen Bauern schaukelten rhythmisch die Köpfe hin und her. Immer wieder drehte sie sich vor dem kleinen Altar, auf dem Äpfel und Orangen pyramidenförmig aufgeschichtet waren, kreischend um ihre Achse, das Gesicht gleicherweise verzerrt wie in sich gekehrt. Sie griff zu einem besenartigen Wedel und lief wieder, für ihr Alter äußerst behände, vor dem Publikum im Kreis herum. Zwei der im Kreis Sitzenden hatten

Bambus-Flöten zur Hand. Ein anderer gab auf einer Trommel den Takt vor. Sie begleiteten ihr immer tosender werdendes Schreien mit einer kakophonischen Melodie. Ihr Lauf wurde noch ekstatischer - bis sie endlich vor dem Altar still stand und zu murmeln begann. Endlich griff sie zu einem riesenlangen Bambusstamm, von dem nur noch oben die Blätter abstanden, riss ihn wie ein Fahnenbanner hoch in die Luft, stellte sich in die Mitte der Umstehenden und wedelte in einer großen Kreisbewegung mit dem buschigen Ende des Bambus über allen Köpfen hin und her.

4

Als sie auf dem Weg zu einem anderen Tempel waren, hatte plötzlich das Handy geklingelt. Es war Lisa.

„Du rufst mich nicht an?!" hatte sie sich ohne irgendein einleitendes Wort empört.

„Ich arbeite!"

„Was meinst du, was ich mache!" antwortete sie schroff.

„Liza", versuchte er zu besänftigen, „es dauert nur noch zwei oder drei Wochen, und dann komme ich. Konzentrier du dich auf deine Arbeit, so wie ich mich auf meine konzentriere."

„Ja, konzentrier dich nur auf deine Arbeit!" spottete sie. „Gib alles andere auf."

„Komm, sei doch vernünftig!"

„Ja, mach nur weiter! Zerquetsch alles zwischen Pragmatismus und Rationalismus. Hast du eigentlich schon mitbekommen, dass du in Wirklichkeit tot bist!?"

„Liza!!"

„Weißt du was?" antwortete sie. „Ich hasse dich. Ich gebe es auf. Es ist vorbei. Ich habe nicht mehr dieses Gefühl vom pinkroten Hotelzimmer. Ich habe gewusst, dass es so kommen wird."

„Übertreib doch nicht!"

„Ich habe dich so gebraucht! Du bist nicht da! Ich weiß nicht einmal mehr, was Liebe ist. Was war es denn für dich, als du mir gesagt hast, dass du mich liebst? Was war es denn für dich?"

„Liza, ich liebe dich!" sagte er ganz fest.

„Ich gebe es auf!" sagte sie nochmals. „Gut, du kannst mich ficken, wann immer du willst, wann immer wir uns treffen. Felix, machen wir nur noch Sex! Machen wir einen Porno, keinen Liebesfilm, bitte! Lass es uns kaputt machen, solange es noch lebt. Lass es uns kaputt machen, ganz bewusst, Orgasmus für Orgasmus!"

„Liza, ich liebe dich!" beteuerte er nochmals.

„Felix, ich werde schon nicht sterben ohne dich. Ich werde mich wegen dir nicht umbringen. Ich werde glücklich werden, und ich glaube, ich will verrückt werden!"

Plötzlich war die Verbindung weg.

5

„Lüge! Lüge!!" schreit Lola, reißt die Blumenvase vom Tisch und schleudert sie gegen den weißen Keramikofen. Die Blumenvase zerbirst mit lautem Krach. Sie läuft zuerst zum Fenster, ihr Rock weht hinter ihr her, wieder zur Tür und schreit: „Imbécile! J´ai su qu´il est un batard!" Sie reißt sich ihren kleinen schwarzen Hut vom Kopf, wirft ihn zu Boden und stampft darauf herum. „Ein Spion! Nichts als ein verdammter kleiner dreckiger Spion!" Sie kickt mit dem Fuß gegen ein paar Rosen, die zusammen mit den Blumenvasenscherben auf dem Boden verstreut sind. „Nichts ist wahr, mésonges, alles Lüge!!"

„Aber beruhigen Sie sich, Madame!" fleht sie Baron von Spessart mit begütigend nach oben gerichteten Händen an.

Lola rast vor dem Baron, der furchtsam die Schultern hochzieht, im Zimmer auf und ab. „Wie soll ich mich beruhigen! Erst diese Verleumdungen! Dann dieses Komplott vor der Frauenkirche! Und jetzt spioniert auch noch mein eigener Diener hinter mir her! Johann!! En enfer avec lui!!" zischt sie.

„Madame! Ich kann es auch nicht glauben, dass Comtesse unseren König mit einem Offizier betrogen haben soll. Aber das ist leider noch nicht alles!" sagt von Spessart mit besorgter Miene.

„Was soll das heißen: Ist leider noch nicht alles!" herrscht ihn Lola an.

„Ich muss Sie etwas fragen."

Während Lola ganz starr wird, macht der Baron eine lange Pause und fragt dann: „Maria de los Dolores Porris y Montez! - Sind Sie Spanierin?"

Lola lässt die Arme sinken, ihre Augen öffnen sich weit, der Mund ist halboffen.

Der Baron greift entschlossen in die Innentasche seiner Jacke und zieht eine Zeitung hervor. Er faltet sie sorgfältig auseinander, glättet pedantisch die Seiten und liest vor: „Wie immer bei Frauen mit aktivem Verstand redet sie sehr viel. Aber auch wenn sie egoistisch und eitel ist, beherrscht sie doch die Kunst der Kommunikation genügend, so dass sie nie langweilig wird."

Lola streicht mit der Linken durch ihr schwarzes Haar, beißt sich auf die Unterlippe und wischt mit ihrer Rechten ein paar Fusseln von ihrem Rock. „Andererseits hat sie viele Fehler. Sie liebt die Macht um ihrer selbst willen, sie ist zu unüberlegt in ihren Abneigungen. Sie kann mit ihren Leidenschaften nicht haushalten, wie es - für - ihr - iiiirisches - Blut - angemessen erscheint."

Lola reißt die blauen Augen wieder weit auf, die Stirn legt sich in Runzeln. Sie wischt sich mit der Hand über die kirschroten Lippen.

„Wir Londoner kennen Maria de los Dolores Porris y Montez unter dem Namen ELIZA GILBERT von ihrem Debut her, als sie vorgab eine spanische Tänzerin zu sein" trägt der Baron mit starrem Blick auf die Zeilen der Zeitung vor.

Lola stößt ein heiseres Lachen aus, reißt dem Baron den Zeitungsausschnitt aus den Fingern und liest im Stehen murmelnd den Artikel noch einmal durch. Energisch knüllt sie das Zeitungspapier zusammen: „Glauben Sie etwa diesem Schund?!!"

Der Baron schaut sie misstrauisch an und zuckt die Schultern.

„Eines müssen Sie wissen: Glauben Sie es nicht! Glauben Sie nicht, was Sie gelesen haben!!" schreit Lola und wirft das zerknüllte Zeitungspapier in eine antike, römische Amphore. „Sie wollen mich und den König nur auseinander bringen. Überall streuen Sie Verleumdungen gegen mich!" stößt sie hervor und fügt mit bestimmten Worten an: „Glauben Sie mir! Ich bin niemand anderes als Maria de los Dolores Porris y Montez!!"

In einem neuerlichen Wutausbruch schlägt sie plötzlich mit der flachen Hand kräftig auf den Tisch. „ELIZA GILBERT?! - Sie haben mich auch schon Betty Watson oder Mrs. James genannt! Es gibt so viele Lügen über mich. Die Lügner kennen ihre eigenen Lügen schon nicht mehr!"

Ihre Augen sind weit aufgerissen, Speichel fließt aus den Mundwinkeln. Das Rouge ihrer Wangen und das Rot ihres Mundes sind über das ganze Gesicht verwischt. Schwarze Haarsträhnen fallen ihr über die Stirn.

„Lügner! Überall Lügner! Alles eine elende Intrige! Sie wollen mich und den König auseinanderbringen!"

Sie rast durch das Zimmer, reißt ihren Schal von der

Schulter, wirft ihn zu Boden.

„Sie spionieren hinter mir her!! Sie drucken Lügen in die Zeitung!!!"

„Liebste Comtesse, es wird sich schon noch alles aufklären" versucht der Baron zu beruhigen. „In Kürze kommt der König. Fassen Sie sich. Fassen Sie sich doch! Bitte!!"

„Wie soll ich mich bei dieser Niedertracht fassen?! Ich gehe zurück nach Paris! Ich gehe zurück nach Paris!" Lola lässt sich auf die Chaiselongue fallen und nestelt an ihrem Décolleté herum. „Ich bin völlig unschuldig! Unschuldig!! Ich schwöre bei allem, was mir heilig ist, dass ich unschuldig bin!!!"

Der Baron versucht, seine Hand begütigend auf Lolas Unterarm zu legen. Sie reißt seinen Arm weg und nestelt weiter an ihrem Dékolleté herum. „Ich soll mit Leutnant von Bauer ein Verhältnis gehabt haben?! Dass ich nicht lache! Wie komme ich dazu, mich mit einem kleinen Leutnant abzugeben! Lüge! Alles Lüge!!"

Der oberste Knopf unter ihrem Decolleté reißt ab. Lolas Brüste sind halb entblößt. „Und ich werde ihnen zeigen, was es heißt, eine Maria de los Dolores Porris y Montez zu beleidigen!!"

„Comtesse, fassen Sie sich! Gleich kommt der König! Ich weiß, er will Ihnen noch eine Chance geben. Fassen Sie sich!!"

Lola springt wieder von der Chaiselongue auf und rast im Zimmer herum. „Ich will mich nicht fassen! Wie kann der König nur solchen elenden Lügnern Glauben schenken! Ich hätte das nie von ihm erwartet!!" Sie nimmt ein mit Rotwein gefülltes Glas vom Tisch und schleudert es gegen die Wand, an der es klirrend zerbirst und einen sternförmigen roten Fleck mit dünnen, schnell nach unten laufenden Rinnsalen hinterlässt.

6

„(afp) Wie der Pressesprecher von Gigant-Film bekannt gegeben hat, hat sich die 26-jährige Liza Gilbert mit ihrem 60-jährigen Filmpartner Johann Neumann verlobt. Liza Gilbert ist die weibliche Hauptdarstellerin eines neuen Fernsehfilms mit dem Titel *Maria de los Dolores Porris y Montez*."

7

Die Türe öffnet sich - und im Türrahmen erscheint der König. Er sagt kein Wort und blickt aus leicht geröteten Augen, halb entgeistert, halb erschüttert, auf Lola.

Mit heruntergerissenem Dekolleté und verschmiertem Gesicht hat sie ein anderes Glas Rotwein in die Hand. Sie erstarrt für einen kurzen Moment und stellt, Räson fassend, das Glas wieder auf den Tisch zurück.

„Lola, was hast du getan!"

„Luis, wie kannst du nur diese Lügen glauben? !"

Der König zum Baron: „Baron von Spessart, würden

Sie uns für einen Moment allein lassen!"

„Sire, Ihr Wunsch ist mir Befehl."

Der Baron zieht seinen Kopf ein, geht im Zickzack durch das mit Scherben übersäte Zimmer zur Tür und schließt sie hinter sich zu. Er nimmt im Nebenzimmer auf einem Stuhl Platz, verschränkt seine Finger auf seinem Bauch, atmet tief ein und aus und sieht erst zum Boden, dann zur Tür.

„Lüge! Lüge!" tönt es wieder laut vernehmbar aus dem verschlossenen Zimmer heraus. „...nicht von dir erwartet... ...geliebt... ...Lola... ...Bauer... ...Irin... Eliza Gilbert!" ist undeutlich aus dem traurigen, gedämpften Stimmfluss des Königs herauszuhören. Lolas Schreien mischt sich ein: „Spione!!... Zeitungslügen!!" Wieder zerbirst etwas Gläsernes an der Wand, gefolgt von einem „...schwöre Dir, bei meinem toten Vater und meiner toten Mutter...!" Immer wieder unterbricht der König ihr unartikuliertes Schreien mit einem beschwörenden „Lola! Lola!".

Der Baron steht auf, geht ein paar Schritte auf die Türe zu und presst sein Ohr daran, während die Stimme Lolas immer heiserer, aber auch eindringlicher wird. „Vertrauen!... Feinde!... Luis?!... Verräter!... Glaube?... Polizeidirektor!!... Diener!... Paris... Maria de los Dolores Porris y Montez!" ist undeutlich herauszuhören. Immer wieder wird sie von Ludwig unterbrochen, der noch leiser geworden ist: „Vertrauen... ...Liebe... ...Lola... ...Bauer... ...Zeitung..."

Schließlich bleibt nur noch völlig undeutlich gewordenes Murmeln übrig.

Der Baron geht im Zimmer auf und ab, die Arme hinter seinem Rücken verschränkt. Einmal noch presst er sein Ohr gegen die Tür, zieht die Stirn in Runzeln und zuckt mit den Schultern. Er geht zu dem der Tür gegenüberliegenden Fenster und verweilt dort.

Mit einem Schlag werden die beiden Flügel der Türe aufgerissen. Der König kommt freudestrahlend heraus, hinter ihm Lola.

„Sie ist unschuldig, und ich bin wieder glücklich!" verkündet der König dem Baron. „Sie hat es mir geschworen. Ich hätte schon längst auf Lola hören sollen und den Polizeidirektor entlassen. Und - sie ist niemand anderes als Maria de los Dolores Porris y Montez. Alles andere ist Zeitungslüge!"

„Jawohl, Sire!" bestätigt der Baron. Mit einem Wink schickt ihn der König fort.

„Ja, Luis!" flüstert Lola dem König ins Ohr, während im Hintergrund der Baron im anderen Zimmer wieder im Zickzack seinen Weg durch zerbrochenes Glas und Porzellan sucht. „Du hättest besser auf mich hören sollen. Und es macht mir gar nichts aus, dass Leutnant von Bauer versetzt wird. Er ist mir schon viel zu langweilig und lästig geworden."

„Lola!"

„Luis!"

„Luis, Luis, ich liebe dich so sehr! Ich und du. Du

weißt gar nicht, wie ich dich liebe."

8

Liza,

was ist Liebe?

Hier ist das eine populäre Frage, vor allem bei Frauen in ihren Zwanzigern. Viele wählen ihren zukünftigen Mann nicht selbst, sondern folgen Eltern oder Verwandten. Wenn das Arrangement geklappt hat, wird der Auserwählte ein Leben lang der einzige Mann sein, den sie gekannt hat. Junge Frauen haben kaum Ahnung davon, was das ist: Liebe.

Was ist Liebe?

Ich habe den Eindruck, Du hältst es wie die Frauen hier. Für Dich ist Liebe nur Geschäft. Nur: Hier sind die Frauen willenlos. Sie machen es, weil sie es machen müssen. Du machst es dagegen aus völlig freier Entscheidung. Ich denke nicht, dass du weißt, was das ist: Liebe. Du weißt aber sehr gut, wie man Liebe spielt. Du bist nichts als eine Schauspielerin.

Warum du es vorgespielt hast, weiß ich nicht. Aber jetzt sind andere an der Reihe: Johann, Hubert, Patrick oder wie sie auch alle heißen. Gestern hast du am Telefon gesagt, dass das alles hochgebauschte Pressemeldungen sind. Aber warum gibt es nur solche und keine anderen Presse-Meldungen über dich? Du hast gesagt, dass dir diese Männer nichts bedeuten. Aber warum machst du es immer wieder? Du hast gesagt, dass Deine komischen Skandale miese Tricks sind und du dich dabei ausgenützt fühlst. Aber warum steigst du nicht aus und lässt Deine Mafia-Ganoven allein auf Ihrem miesen Abschreibungsfilm sitzen?

Ich habe dich einmal geliebt. Aber das bist nicht du gewesen. Ich habe dich nicht gekannt.

Warum willst du mich noch immer glauben machen, dass du, dieser verlotterte drittklassige Filmstar, ausgerechnet du, mich liebst? Erwartest du dir bessere Karriere-Chancen von der Bekanntschaft mit einem Fotografen? Wohl kaum. Brauchst du wegen Deiner verpfuschten Hippie-Kindheit einen Daddy? Oder bist du nur einfach geil, so wie du es offensichtlich zu jedem anderen auch bist?

Es ist wirklich so: Du hast die Mission der Liebe. Du treibst es mit jedem.

Ich habe keine Lust, mein Leben damit zu verbringen, das Rätsel Deiner Person zu lösen. Ich habe keine Lust mehr, jeden Morgen im Internet nach deinen neuesten Skandalen und Liebschaften zu suchen, die du dann abends wieder abstreitest.

Du hast jetzt, was Du immer gewollt hast. Du bist ein Star. Die Leute kennen dich. Ich auch.

Felix Friedrich

Ich ohne dich

1

Grillenzirpen liegt in der Luft, als flackerndes Kerzenlicht hinter dem vergitterten Fenster eines zweistöckigen Palais zu sehen ist. Ein Nachtwächter zündet vor dem Palais mit einer Stange eine Straßenlaterne an, geht, die Stange geschultert, zur rechten Seite der Fassade und zündet auch dort die Laterne an.

Eine Kutsche, auf deren Bock ein ermatteter, die Zügel wie im Halbschlaf führender Postillon sitzt, rumpelt vorbei.

Ein kleiner Junge in abgetragenen Kleidern kommt mit einem großen Bierkrug von der anderen Seite. Jaulend und schwanzwedelnd folgt ihm ein Hund. Der Junge bleibt vor dem Palais stehen, wendet sich kurz und vorsichtig um, öffnet den Deckel auf dem Krug und nimmt einen Schluck. Hastig setzt er ab und läuft weiter, als er auf der anderen Straßenseite drei junge Männer bemerkt.

Violettfarbene Käppis auf dem Kopf und in roten Röcken uniformiert, die über die kniehohen schwarzen Lederstiefelschäfte fallen, überqueren die Drei die Straße, gehen auf das Tor links neben dem Palais zu und ziehen an einer Kette, die aus dem Torpfosten hängt. Der Hund läuft ihnen nach.

Hell durchdringt das Klingeln einer Glocke die Abendstille.

Ein goldbetresster Lakai öffnet das Tor.

„Die Studentenschaft Palatia gibt sich die Ehre, aller-ehrwürdigster Senorita Maria de los Dolores Porris y Montez die Aufwartung zu machen!"

„Treten die Herrschaften ein. Sie werden schon erwartet!" antwortet der Lakai mit einem angedeuteten Bückling. Das Tor schließt sich wieder. Der Hund bleibt jaulend draußen.

Jetzt läuft er kläffend auf die Schemen von fünf Männern zu, die dem Palais gegenüber aus dem Dunkel der Bäume herausschleichen, wird aber von ihnen verscheucht und verschwindet schließlich selbst unter den Bäumen.

Wie die Fünf näher zum Licht der Straßenlampe kommen, bleiben zwei von ihnen stehen und wollen umkehren. Die anderen drei packen sie an den Rock-schößen und zerren sie mit.

Die fünf, wie jetzt sichtbar wird, ebenfalls mit vio-lettfarbigen Käppis, roten Röcken und schwarzen Stiefeln uniformiert, versammeln sich unter dem matten Schein der linken Straßenlaterne vor dem Palais. Sie schauen nach links und rechts um sich. Der Korpulente mit dem massigen Schädel stellt sich vor dem Gitterfenster auf die Zehenspitzen, um einen Blick ins Innere des Hauses zu erhaschen, ist aber zu klein dafür. Nachdem sie sich vergewissert haben, dass ihnen niemand zuschaut, fassen ihn zwei seiner Kameraden an beiden Oberschenkeln und heben ihn zum Fenster hinauf.

2

Er lag in einem kleinen Hotelzimmer, das mit gelblichen Blumenmustern austapeziert war. Die Brandung der Wellen, das Johlen der Kinder im Wasser, das gellende Pfeifen der Strandwächter und das Schnauben der sich langsam vor dem Hotel vorbeischiebenden Autokolonnen tönte gedämpft durch die dünnen Fensterscheiben herauf und vermengte sich mit dem konstanten Rauschen der Aircondition.

Er schlug die dünne Steppdecke zurück, in die er sich im eiskalt heruntergekühlten Raum eingewickelt hatte und ging zum Fenster.

Unten am Strand bedeckte ein schmales, kilometerlanges Dach aus zehntausenden, wahllos in den Sand gesteckten Sonnenschirmen ein paar hunderttausend Menschen, die vor der knallend heißen Sonne unter Sonnenschirmen Schutz suchten. Vom vorderen Rand des Sonnenschirmdachs schwappten sie in die Brandung hinaus und trieben dort auf einem dreißig Meter breiten, seewärts von roten Bojen abgegrenzten Streifen auf und ab. Strandwächter in signalgelben T-Shirts hetzten auf ihren Wave-Runnern hinter der Bojen-Linie auf und ab und hielten die Menschenmenge in Schach. Dahinter wölbte sich das graugrüne Meer zum Horizont, auf dem Container-Schiffe wie Felsriffe in die Höhe ragten.

Er warf nochmals einen Blick auf diese Zeitung in seinen Händen, auf der vorne nachzulesen war, dass

Austin/Texas von der amerikanischen Bundes-Armee in Schutt und Asche geschossen worden war. Hinten war zu lesen, dass Liza Gilbert, der neue Star des Films „Maria de los Dolores Porris y Montez", bei einem Presse-Meeting barbusig aus einem Schwimmbassin aufgetaucht sei.

Direkt unter ihm, auf der Straße, regelte ein schlaksiger Polizisten-Junge den Verkehr. Pubertätsspeckige Mädchen in schwarz-weißen Schuluniformen kicherten, artig den Mund mit der Hand bedeckt, auf dem Zebrastreifen. Auf der Straßenseite zum Meer bot eine faltendurchfurchte Frau mit breitem Grinsen Hotdog am Holzstiel aus einem verdreckten, gasbefeuerten Metallkanister an.

Wieder zog ihn das Presse-Foto mit Liza an, wie sie, nur mit ihren Händen die nackten Brüste bedeckt, für das Dutzend Fotografen um sie herum posierte.

Auf der anderen Straßenseite hielten dreißig- bis vierzigjährige Frauen unter zeltartigen Plastik-Planen hinter mobilen Theken Hof und versuchten mit einschmeichelnden Gesten ihren betrunkenen Gästen Garnelen, Fische, Fleischspieße, Muscheln, Bier und Soju schmackhaft zu machen.

3

Durch die vergitterte Fensterscheibe hindurch ist Lola zu erkennen, wie sie im kerzendurchleuchteten Raum auf einem Fauteuil sitzt und, ein Weinglas in der Linken, an einer Zigarette schmaucht. Die drei Studenten sitzen ihr auf einem Kanapee gegenüber, Käppis auf dem Schoß, und lassen sich vom Diener Wein einschenken. Lola spricht den links sitzenden Studenten an. Er macht im Sitzen mit dem Kopf eine kleine Verbeugung und sagt etwas zur Antwort.

„Hast was gsehn, Franz?" flüstert der eine Student, als sie den Korpulenten wieder auf dem Boden absetzen.
„Is net viel zu sehen. Wein trinkens halt mit der Matz."
   Die Fünf stehen schweigend zusammen, während ein Fiaker hinter ihnen vorbeirumpelt. Nachdem er verschwunden ist, heben zwei von ihnen den Korpulenten schnell wieder zum Fenster hoch.

   Lola steht von ihrem Sitz auf, hebt ihr Weinglas und sagt in feierlichem Ton zu den drei Studenten: „Mein neues Palais! Es ist alles seine Idee! Auf unseren großen Gönner, auf unseren Allerdurchlauchtigsten König!"
   „Auf   unseren   Allerdurchlauchtigsten   König!" wiederholen die drei.
   „Auf seine Majestät, König Ludwig!" wiederholt der mit der Brille rechts auf dem Kanapee.
Der in der Mitte: „Bayern braucht in diesen schweren Zeiten eine starke Hand!" Der links Sitzende: „Nie hätte ich bei unserer gemeinsamen Kutschfahrt nach Augsburg gedacht, dass ich Sie je wieder sehen würde - in einem

Palast, wie er Ihrer Comtesse wahrlich gebührt!"

„Mein Herr, es freut mich, dass er mir seine Aufwartung macht! Ja, ich bin Majestät so dankbar für alles, was er für mich tut."

„Ein Hoch auf Unsere Majestät!" ruft der Rechte mit der Brille, worauf alle aufspringen und mit den Gläsern anstoßen.

Die zwei Studenten vor dem Haus setzen den Korpulenten wieder ab, während ein Herr, Zylinder auf dem Kopf, sich der Gruppe von der anderen Straßenseite nähert.

„Und was is?" flüstert der eine Student.

„Wein trinkens halt."

„A Spionin, a Spionin is!"

Ein Herr bleibt im Dunkel der anderen Straßenseite kurz stehen, beäugt die Gruppe neugierig, geht aber schnell weiter, als die fünf ihrerseits provokant auf ihn zurückstarren. Nachdem er endgültig verschwunden ist, heben sie den Korpulenten wieder hoch.

„Wie war sein Name?" fragt Lola den rechts Sitzenden mit der Brille.

„Beissner, Elias Beissner!"

„Und er studieren Jura?"

„Jawohl, Madame, siebtes Semester!"

„Was für schöne Uniform er hat. Haben alle Studenten ihrer Verbindung die gleiche Uniform?"

„Natürlich. Es ist uns eine Ehre, diese Farben tragen zu dürfen."

Lola hebt wieder das Weinglas: „Auf die Farben Ihrer Verbindung!"

„Auf die Farben unserer Verbindung!" skandieren die drei im Chor und erheben sich kurz.

„Monsieur Beissner, aus was ist denn sein schöner Hut?"

„Aus Seide?!" antwortet der mit der Brille, Beissner, unschlüssig und tastet sein Käppi von allen Seiten mit den Fingern ab.

„Lassen er mich sehen. Wir Frauen haben dafür ein besseres Gespür."

Beissner will aufstehen und ihr sein Käppi reichen. Aber Lola ist ihrerseits aufgestanden: „Monsieur, bleiben er ruhig sitzen!"

Sie geht zu den drei auf dem Kanapee sitzenden Studenten hinüber.

Der korpulente Student vor dem Palais wird von seinen Kumpanen wieder abgesetzt. Auf der anderen Straßenseite schwanken zwei Männer vorbei. Sie bleiben stehen. Einer deutet mit dem Finger auf die Studentengruppe, die im Lichtschein der Straßenlampe beisammen steht.

„I glab, de Matz will ihm wos gebn. Sie is aufgstandn und direkt zu Beissner ganga" flüstert der Korpulente, während er verstohlen auf die zwei Betrunkenen hinüberschielt.

Die stieren immer noch unentschlossen und schwankend auf die Studentengruppe. Dann zerrt der eine den anderen fort, macht eine abschätzige Handbewegung und schreit durch die Nacht: „Aber heit is schee! Aber heit is schee!!"

„Na Geld wirds ihm gebn, Geld wirds ihm gebn, die welsche Matz!" flüstert ein Student, während er den abziehenden Männern nachblickt. Nachdem diese um die Ecke verschwunden sind, heben zwei den Korpulenten wieder hoch. Der kratzt sich an seinem Käppi und wispert: „I glab, i spinn! I glab, i spinn!"

„Was is'n?" zischt der eine, der ihn hochhält.

„I glab, i spinn!"

Durch das Fensterglas ist Lola zu sehen, wie sie sich zwischen den Studenten auf dem Kanapee niedergelassen hat. Sie hat das violette Käppi des rechts Sitzenden aufgesetzt und klatscht ihm mit der Hand auf den Oberschenkel. Alle prosten sich mit lachenden Gesichtern ausgelassen zu. Lola, mit dem violetten Käppi auf dem schwarzen Haar, klatscht dem Studenten rechts wieder auf den Schenkel.

Der linke Student greift in seine Weste und zieht eine Taschenuhr heraus. Er zeigt den anderen Studenten die Uhr, die daraufhin mit dem Kopf nicken. Alle stehen auf und prosten sich im Stehen noch einmal zu.

„Laßts mi runter, laßts mi runter! Sie genga, sie genga!" zischt der Korpulente am Fenster, worauf er schnell zum Boden abgesetzt wird. Er wiederholt noch einmal: „I glab, i spinn! De Matz hat´s Käppi von unserer Verbindung aufgesetzt!!!" und läuft dann zusammen mit den anderen hastig über die Straße, um im Dunkel der Bäume zu verschwinden.

Das schwere Tor neben dem Palais öffnet sich. Die drei Besucher winken noch einmal ins Innere des Gartens, legen sich ihre Arme gegenseitig auf die Schultern und gehen zur anderen Straßenseite hinüber.

Wie sie dort angelangt sind, brechen aus dem Dunkel die anderen fünf heraus und zerren sie unter die Bäume.

„Aua!" schreit es aus dem Dunkel.

„Des is für de Matz!" - „Verräter!!" - „Aua!!" - „Aua!!! Auaa!!!!"

Du ohne mich

Die Vögel jubilieren, trillilieren und fidelieren. Blauer Sommerhimmel wölbt sich über den Wassern eines grünblauen Sees, der von dunkelgrün bewaldeten Bergen eingefasst ist. Gletschereis gleißt vom Horizont herüber.

Unten, am Rand des kleinen Dorfes am See, aus dessen Mitte der Zwiebelturm einer Kirche herausragt, ziehen zwei Kutschen auf ihrem Weg durch satte Blumenwiesen Staubwolken nach sich.

Oben, auf der Anhöhe, schwingt sich ein blei-schwarzer Kolkrabe aus dem Geäst eines Baumes und fliegt zum See hinunter.

Der Kutscher treibt die schnaubenden Pferde peit-schenschwingend den Berg hinauf.

Lola hat ihren Kopf ins graue Polster der Kutschbank gebettet, schmaucht an ihrer Zigarette: „Beissner, er kann sich nicht vorstellen, wie mir diese Berge gefallen! Es ist das schönste Stück Natur, das ich in meinem Leben gesehen habe."

„Wie recht Sie haben, Comtesse" antwortet Beissner und rückt sein rotes Käppi mit der rechten Hand zurecht. Die Linke liegt in einer um den Hals gebundenen Schlinge, das rechte Auge ist schwarz-violett angelaufen.

„Augusta, finden Sie nicht auch?" fragt Lola weiter und bläst eine dicke Wolke Zigarettenrauch ins Kutscheninnere.

„Oh, Madame, es ist das schönste Stück

Natur!" antwortet Augusta und drückt sich in die Ecke.

Schaum vor dem Maul ziehen die Pferde die Kutsche den steiler gewordenen Weg hinauf. Bienen summen über den bunten Blumenwiesen. Tief glänzt von unten der grünblaue See.

„Oh ja!" meint Beissner. „Ich danke Ihnen ja so sehr, dass ich als einfacher Student Sie auf diesem Ausflug in die Berge begleiten darf. Meine verehrte Comtesse!? Oder darf ich schon sagen: Gräfin?"

„Beissner! Erstens sind er kein einfacher Student mehr, sondern Senior der Lolamannia. Unser König hat sie, auf meine Bitte, eigens für ihn gegründet. Und zweitens müssen er wissen: *Gräfin* bin ich immer noch nicht. Es ist noch ein Geheimnis, von dem nur ich, er, Augusta, unser höchst verehrter König und Herr Turk wissen."

Turk, die Dogge, hat sich hechelnd auf dem Sitz Lola gegenüber breit gemacht, lässt Augusta kaum noch Platz und schleckt sich leise jaulend mit ihrer Zunge um das Maul.

„Sehr wohl, verehrte Comtesse! Sie wissen, wie dankbar ich Ihnen bin, dass Sie mich zum Senior der Lolamannia gemacht haben. Und es wird nicht mehr lange dauern, dann wird unser verehrter König Ihnen das Adelsprädikat verleihen, nicht wahr."

„Luis…" sagt Lola, nestelt an ihrem Dekolleté und zieht schließlich einen Briefumschlag heraus. „…ich meine, unsere Königliche Hoheit, hat es mir mit seinem königlichen Wort versprochen!"

Turk kläfft zweimal.

Während Lola zum Fenster hinausschaut, hinter dem ein mit Holzschindeln bedeckter Bergbauernhof auszumachen ist, ertönt ein „Brrrr!" Baron von Spessarts Gesicht erscheint hinter dem Kutschtürfensterrahmen: „Madame, wollen wir nicht Rast machen. Ein phänomenaler Ausblick!"

Zwei Mägde kommen hinter dem Bauernhaus hervor und bleiben, die Hand vor dem Mund schlagend, in gemessener Entfernung stehen. Sie beäugen stumm die Gesellschaft, in deren Mitte eine schwarzhaarige Frau einer jaulenden Dogge begütigend über den massiven Schädel streichelt. Kleine, in Lumpen gekleidete Kinder laufen aus dem Bauernhof heraus und gaffen neugierig auf die elegant gekleidete Gesellschaft.

Die Dogge bellt Kinder und Mägde an, woraufhin diese einige Meter zurückweichen.

In der vorderen Eingangstür des kleinen Bauernhofes erscheint ein Mann in kurzer Lederhose und Wadenstrümpfen, einen breitkrempigen schwarzen Hut auf dem Kopf. Während er an seiner Pfeife schmaucht, geht er langsam in Richtung der Gesellschaft. Der Kutscher eilt zu ihm und redet auf ihn ein. Ohne ein Wort zu verlieren, geht der Mann zusammen mit dem Kutscher ins Haus zurück.

Die Gesellschaft versammelt sich oberhalb der Kutsche auf einer Bergwiese. Eine Decke wird ausgebreitet, in deren Mitte Augusta einen Korb mit Brot,

Schinken und ein paar Flaschen Wein stellt.

Grünblau leuchtet von unten der See herauf.

Grillengezirpe liegt in der Luft, als die Gesellschaft sich über ihren Proviant hermacht.

„Wie herrlich sind doch diese Berge!" ruft Lola aus.

„A votre santé!" prostet Beissner Lola mit seinem Rotweinglas.

Baron von Spessart: „Auf dem Land wird die Seele frei, und die Sinne werden klar. Sollen die Kleingeister und Verstockten in der Stadt bleiben. Nicht Stadtluft, Landluft macht frei!"

„Am liebsten würde ich für immer hier bleiben" seufzt Lola.

Zwei verwahrloste Kinder nähern sich der Gesellschaft, greifen sich schnell ein paar der ihnen zugeworfenen Essensbrocken und würgen sie in gehöriger Distanz gierig hinunter.

„Ich möchte so gern ein paar Blumen pflücken!" ruft Lola enthusiastisch und springt von ihrem Platz auf. „Beissner, kommen er mit?!"

„Oh, Ihr Wunsch ist mir Befehl!" antwortet Beissner und erhebt sich mühsam von seinem Platz.

2

Er lässt seinen Hinterkopf auf die Oberkante des Ledersessels fallen, starrt zur Decke hoch und folgt wieder dem schwarzen Schmetterling.

„Wie billige Kosmetikwerbung!" sagt er vor sich hin. *„Und da passt sie auch genau hinein, in diesen Historienfilm, in diesen Kutschen-, König- und Mätressenfilm!"*

Wie hatte es in einer dieser Kritiken geheißen? „In Wolfs Maria de los Dolores Porris y Montez gibt es genügend Raupenhelme und Zylinder, Postkutschen und Maffei-Lokomotiven, Gaslaternen und Kerzenlichter, die Hauptdarstellerin sieht wie von Stieler in Öl gemalt aus, um auch noch den groovsten Hip-Hopper davon zu überzeugen, dass man endgültig im König-Ludwig-Land gelandet ist. Aber genau diese Verliebtheit ins Detail, genauer: seine Selbstverliebtheit, macht diesen Film so kurzsichtig. Man sieht in ein angestaubtes Panoptikum aus vielen kleinen Daguerre-Bildern hinein, um sich davon zu überzeugen, wie es einmal gewesen hätte sein können – wo doch schon längst der panchromatische, hobsbawmhistorisch und bourdieusoziologisch dreidimensional verfeinerte Blick auf die Imax-Leinwand möglich ist."

Anderswo hatte er gelesen: „Mit der wirklichen 48er-Revolution hat Wolfs Film sowenig zu tun wie Schloß Neuschwanstein mit der Wartburg. Ein kleines marginales Luder als diabolische femme fatale, die den Fortlauf der Weltgeschichte auf den Kopf stellt. Eine mäßig begabte Tänzerin, die im 19.Jahrhundert diversen Potentaten den Kopf verdreht hat. `Die Frau mit der Peitsche` oder die `Frau in Schwarz` hat man sie genannt.

Die filmische Dramaturgie wird dem Zwiespalt zwischen oben und unten, zwischen klein und groß nur selten gerecht. Aber zumindest wurde der Fernsehabend durch ein neues Gesicht gerettet: Liza Gilbert. Bislang war sie genauso unbekannt wie Lola Montez es einmal gewesen ist. Auch sie wird ihren Weg nach oben machen."

Schlagzeilen wie „Liza Gilbert - ein neuer Star am deutschen Filmhimmel?", „Skandal um den Skandalfilm" und Titeleien wie „Ludwig tanzt" und „Von der Postkutsche zum Internet" gehen ihm durch den Kopf.

Aber im Grunde genommen ist es ihm ganz egal.

3

Lola steht mit einem großen Blumenstrauß vor der Kulisse des Gebirges, schüttelt sich das schwarze Haar und schaut auf Beissner zurück, der ihr schwer keuchend nacheilt. Kurz bevor er sie eingeholt hat, läuft sie hell kichernd weiter, den langen schwarzen Rock mit der Hand nach oben raffend: „Komme er, Beissner, komme er!"

Sie läuft mit wehenden schwarzen Rockschößen durch die Blumenwiese. Beissner, den linken Arm in der Schlinge, hat Mühe, ihr zu folgen. Sie bleibt wieder stehen und wartet, tief ein- und ausatmend, bis zu dem Moment, in dem Beissner sie fast erreicht hat - und beginnt ihr Spiel von neuem.

„Komme er, Beissner, komme er!"

Beissner nimmt seine ganze Kraft zusammen, rennt

ihr so geschwind wie möglich nach. Sein rotes Käppi fliegt in weitem Bogen vom Kopf. Er holt zu ihr auf und kann sie mit seiner gesunden rechten Hand an den Rockschößen greifen. Lola lässt sich, schwer keuchend, ins Gras fallen. Beissner stolpert, die Hände an ihrem Rock, mit ihr und kommt neben ihr zu Fall.

Beide schnaufen, Seite an Seite nebeneinander auf dem Rücken liegend, tief ein und aus, den Blick in den Himmel gerichtet.

Lola mustert ihn: „Was haben er? Er ist so rot!"

„Oh, nichts, Madame, nichts!"

„Armer, armer Beissner!" flötet sie und streichelt ihm kurz mit der Hand über die Wangen."

Beissner bleibt unbewegt liegen, blickt weiter starr in den Himmel: „Ich glaube, wir müssen zurück." Die Linke immer noch in der Schlinge, will er sich mit dem rechten Arm aufstützen, aber Lola zieht ihm den Arm weg. Er fällt zurück, das Gesicht direkt Lola zugewendet.

Lola mit rauchiger Stimme: „Beissner!"

Sie zieht seinen Kopf an sich und küsst ihn auf den Mund. Völlig starr lässt sich Beissner ihre Liebkosungen gefallen. Dann umfasst auch er mit der Rechten ihren Kopf. Beide rollen im tiefen Gras der Sommerwiese hin und her.

Sie öffnet hastig sein Hemd, ihr eigenes Mieder und führt seine Hand zu ihrer nackten Brust.

Er zieht seine Hand mit groß aufgerissenen Augen zurück: „Oh, Madame, Madame, was machen Sie mit mir?! Was machen Sie? Sie gehören doch unserem König!?"

Lola drückt seinen Kopf wieder an sich und führt seine Hand energisch an ihre Brust: „Komm! Beissner! Komm!"

Inmitten der bunten Bergblumenwiese sitzt Lola auf Beissner und bedeckt mit ihrem schwarzen Rock fast seinen gesamten Körper. Sie stützt sich mit vorn aufgeknöpftem Mieder und entblößten Brüsten beidarmig über ihn, ihre schwarzen Haare fallen über sein Gesicht, und ihr Becken geht rhythmisch über dem seinen auf und ab.

4

Wie er zum Fernsehapparat hinüber sieht, meint er, ihn wieder sehen zu können, ganz kurz und genauso wie in dem Traum, den er vor einiger Zeit gehabt hat: den jungen Mann mit dem fettig glänzenden, schwarzen Haar im Halbdunkel eines Filmsets. Die abgeschalteten Scheinwerfer und die große schwarze Filmkamera auf den Schienen sind auf die Pappmaschee-Kulissen eines Schlosssaals gerichtet, altrömische Malerei ist auf die Stellwände gepinselt. Auf einem biedermeierlichen Schreibtisch liegen Papierstöße, Zigarettenschachteln und CD-Hüllen bunt verstreut.

Der junge Mann schaut nach rechts - hinüber zu Liza.

Sie liegt im Halbdunkel auf einer Chaiselongue.

Sie ist nackt.

Ein alter, grauhaariger Mann krault ihr mit seinen Wurstfingern durch das schwarze Haar, während sie mit ihren Lippen an seinem Penis lutscht, der aus seiner schwarzen Hose heraussteht. Zwischen ihren gespreizten Beinen ist ein im Gesicht Weißgepuderter mit Allongeperücke und roter Fantasieuniformjacke auszumachen. Er hat die Hose ganz heruntergelassen und masturbiert über ihr mit weit aufgerissenem Mund an seinem erigierten Glied.

5

Der König sitzt in einem mit altrömischer Malerei verziertem Saal hinter dem Schreibtisch, kritzelt etwas auf ein Blatt Papier, legt es nach rechts ab, um von der linken Seite ein neues Dokument zu greifen. Er liest es durch, schreibt etwas darauf und legt es wieder ab, legt die Feder weg und klingelt mit einer Tischglocke.

Die Tür wird geöffnet. Ein rot livrierter Kammerdiener: „Eure Majestät, zu Diensten!"

„Bring er mir meinen Schlafmantel."

„Sehr wohl, Eure Majestät!"

Der Kammerdiener verschwindet und kommt kurz darauf mit einem grauen Schlafmantel zurück, den er beidhändig hochhält. Er will auf den König, der sich vom Schreibtisch erhoben hat, zugehen, als plötzlich ein

Klopfen zu hören ist. Der König hält inne, wirft einen erstaunten Blick auf das große, im römischen Stil gehaltene Holzbild an der Wand, das eine halbnackte Frau und einen nackten Mann zeigt.

„Warte er draußen!" befiehlt der König dem auf der Stelle umkehrenden Diener, geht auf das Bild zu und verschiebt den verdeckten Riegel am unteren Rand des Bildes. Er öffnet es wie eine Tür. Der dunklen Öffnung entsteigt, eine Kerze in der Hand, Lola.

„Lola!!!"

„Luis!"

„Bist du es wirklich!"

„Ich bin es!"

Der König umarmt Lola.

„Luis, ich bin es!"

„Habe dir doch geschrieben, dass ich morgen früh selbst zu dir kommen will!"

„Aber ich kann nicht mehr warten. Ich bin durch den Geheimtunnel gekommen. Ist die Überraschung nicht gelungen?!"

„Es ist - wie ein Traum."

„Wie freut es mich, dein schönes, edles Gesicht zu küssen" flüstert Lola und drückt dem alten König einen schmatzenden Kuss auf die Lippen.

„Bist du mir auch immer treu gewesen" fragt sie mit schelmischem Unterton.

„Wie kannst du fragen, Lola. Ich werde meiner schönen Gräfin immer treu sein. Und - und - du?"

„Luis! Ich habe Dein Porträt zwischen die zwei Vasen gestellt, die du mir geschenkt hast. Die Vasen sind jeden Tag mit frischen Blumen gefüllt worden. Während meines Ausflugs in die Berge hat deine Abwesenheit meine Liebe zu dir nur noch größer gemacht. Nichts, nichts ist mir ferner als dir untreu zu sein."

„Meine Lola!"

„Luis, glaube mir, wenn eine dir je treu gewesen ist, dann bin ich es."

Ich habe mich so an dich gewöhnt

Dort im Bett hatte er mit Mi Sun Park gelegen. Ihre glatte weiße Haut! Wie zärtlich, liebevoll, umschmeichelnd sie gewesen war! Sie hatte sich ihm nicht nur mit Dolmetscher-Diensten und ihrem Kunstverstand unentbehrlich gemacht.

Dort, im Zimmer, im Bett, zusammen mit Mi Sun hatte er gelegen, als es klingelte. Mi Sun drängte ihn noch, nicht zur Tür zu gehen. Er wollte dennoch nachsehen, wer an der Tür war.

Er hatte seinen Bademantel übergezogen und aufgemacht.

Vor der Tür hatte Liza gestanden.

Sie lächelte ihn aufmunternd zu. Bubikopfartiges Haar hatte sie und ein einfaches, die Knie frei lassendes, schwarzes Kleid.

Es war ihm danach, einfach die Tür vor einer Frau zu schließen, die wie die Doppelgängerin einer anderen Frau aussah und sich in der Tür geirrt haben musste. Aber noch wahrscheinlich war es, dass er nur eingeschlafen war. Wahrscheinlich träumte er noch an der Seite von Mi Sun.

„Hi, Mr. Friedrich!" sagte die Doppelgängerin.

Es war ihre Stimme.

Er trat einen Schritt zurück. Sie fasste das als Zeichen auf, ihm über die Schwelle der Wohnung zu folgen.

Sie ließ sich im Ledersessel nieder. Er saß ihr auf der

Couch gegenüber.

Lange sah er entgeistert in ihre schwarzen Augen. „Wie kommst du hierher?" war die erste Frage, zu der er fähig war.

„Mit dem Flugzeug!"

Er kannte diese Stimme. Langsam fand er Contenance. „Ich dachte, es ist aus zwischen uns!?" wollte er sie anfahren. Es kam aber nicht viel mehr heraus als: „Es ist - es ist - es ist aus."

„Vielleicht für dich. Für mich nicht!"

Er kam immer noch nicht von ihren Augen los, und fragte, um überhaupt etwas zu sagen: „Wie hast du hierher gefunden?"

„Du hast Telefon und E-mail geändert. Aber nicht deine Adresse" antwortete sie mit tonlos werdender Stimme und zuckte hilflos mit den Schultern nach oben.

Wieder eine Pause, in der Liza an ihrem Handtäschchen herumnestelte.

„Hast du nicht diesen - Neumann geheiratet?"

Sie nestelte immer noch in dem Täschchen herum, kramte eine Zigarettenschachtel heraus: „Darf ich?"

Er zuckte mit den Schultern.

„Felix, ich habe einen langen Tag und einen langen Flug hinter mir. Es ist schwer, meine Gedanken zu fassen. Ich will dir nur eines sagen. Du wirst es mir immer noch nicht glauben: das mit Neumann war ein Publicity-Stunt. Damit die Journalisten etwas für unseren Film zu schreiben haben. Übrigens: ich war nicht mit ihm verheiratet, sondern verlobt.“

Er stand auf und stellte ihr einen Aschenbecher auf den großen holzgefassten Glastisch in der Zimmermitte. „Nein, ich werde es nicht glauben“ sagte er jetzt mit gefestigterer Stimme. „Es ist nicht zu glauben! Überhaupt nichts mehr ist zu glauben!“

„Du sollst mir glauben, wie unglücklich ich über das Ganze bin.“

Die Tür zum Schlafzimmer ging auf. Mi Sun kam angekleidet ins Wohnzimmer.

„Mrs. Liza Gilbert! - Mi Sun Lee!“ versuchte er beide, wie in Trance, vorzustellen.

Mi Sun fuhr sich nervös mit der Zungenspitze über die Oberlippe und kreuzte beide Hände vor ihrem Schoß.

„Schön, Ihre Bekanntschaft zu machen!“ meinte Liza und ging mit ausgestreckter Hand auf sie zu.

„Felix!“ schluchzte Mi Sun.

„Bin gleich wieder weg!“ entschuldigte sich Liza.

Aber da hatte Mi Sun schon mit beiden Händen das Gesicht bedeckt. Sie zerschmetterte mit einem kräftigen Kick die weiße Porzellanvase auf dem Fußboden und lief schließlich zur Tür hinaus. Er wollte ihr noch nacheilen. Sie knallte von außen die schwere Eisentür zu.

Langsam ließ er sich wieder ins Polster zurückfallen.

„Oh, Felix, ich wollte nicht -. Ich wusste nicht -.“

2

Lola, schwarzgekleidet, hat sich bei Beissner eingehängt. Er trägt ein rotes Käppi, einen braunen Umhang und steckt in kniehohen, schwarzen Lederstiefeln, an der Linken Turk an der Leine. Als Vorhut eilen ihnen zwei Gendarmen voran. Im Dunkel eines Tordurchgangs wird hinter ihnen ein knappes Dutzend laut gestikulierender Studenten sichtbar, die die gleichen Uniformen wie Beissner tragen.

„Nicht satisfaktionsfähig?" fragt Lola Beissner.

„Ja, Frau Gräfin, sie sagen, dass ich und die gesamte Lolamannia nicht satisfaktionsfähig sind."

„Feiglinge, nichts als Feiglinge!" entrüstet sich Lola.

„Aber ich krieg ihn schon noch, den Hund!" faucht Beissner.

Die Gesellschaft geht vom Tor eine holprige, kopfsteingepflasterte Straße hinunter, die von alten, modrigen, dreistöckigen Häusern gesäumt ist. Handwerker, Tagelöhner, Hausfrauen gehen ihrem Tagwerk nach. Wie er der Gruppe um Lola ansichtig wird, setzt der knochige Mann den getreidebeladenen Schubkarren plötzlich auf der Straße ab, hält die Bürgerfrau mit dem weißen Häubchen der festlich herausgeputzten Tochter an ihrer Seite die Augen zu, erstirbt das Gespräch der in Richtung Lola gaffenden Mägde.

Die Gesellschaft um Lola nähert sich einer ockerfarbigen, barocken Kirchenfassade. Eine etwa dreißigjährige, ganz in weiß gekleidete Dame, mit weitrandigem, blumenverziertem Strohhut, tritt gerade an der Seite ihrer Gesellschafterin aus dem sich knarrend öffnenden Kirchenportal.

Sie richtet den Blick stur nach unten und geht stumm an Lola vorbei.

Lola bleibt stehen und schreit der Dame laut und vernehmlich „Canaille!" nach.

Aus der Schar hinter Lola löst sich ein einzelner Student, macht kehrt und hält die weißgekleidete Dame an der Schulter fest.

„Fassen Sie mich nicht an!" giftet ihn die Dame an.

„Wie können Sie es wagen, einer Gräfin, noch dazu ihrer eigenen Nachbarin, den nötigen Respekt zu verweigern!!" keift der Student. Dann lässt er mit Blick auf seine Kompagnons von ihr ab und schließt sich ihnen wieder an.

Hinter einem Fenster drücken sich Halbwüchsige die Nase platt.

Lola wendet sich dem Studenten zu: „Gut gemacht, Karwaski, gut gemacht!"

Der Student macht eine Verbeugung.

„Ja, glauben Sie mir Karwaski", fährt Lola fort, „sie sollen mich noch kennenlernen, diese Basserheims, Schiessens, Minuccis, Tannkirchens oder wie sie auch alle heißen, sie sollen es schon noch lernen, sich einer Gräfin gegenüber würdig zu benehmen! Canaille!!"

„Felix! Bitte glaube mir! Ich bin dir treu geblieben. Ich liebe dich noch immer!"

„Dir glauben? Die Nachrichten sind voll mit dir und deinen Geschichten!" Antwortete er mit kraftloser Stimme.

„Glaube mir, es stimmt nicht. - Du hast ja auch -"

„Ich war ja wohl frei dazu!"

„Felix, lassen wir es. Es ist wahr, ich muss dir nichts vorwerfe. Aber wenn ich schon gekommen bin, dann möchte ich zumindest, dass du mir zuhörst."

Ohne seine Antwort abzuwarten, begann sie über die Zeit vor ihrer Abreise von München zu erzählen.

Zu Anfang sei es wie im siebten Himmel gewesen: „Es war wie in einer anderen Welt. Ich hatte das Gefühl, dass alles, wirklich alles, was ich mache, gelingt. Felix, es war unbeschreiblich." Schon beim ersten kurzen Vorstellen bei diesem Filmproduzenten habe sie dieses Gefühl gehabt, genauso bei den ersten Probeaufnahmen. Sie sei nicht einmal mehr besonders überrascht gewesen, als man ihr, der Anfängerin, gleich die weibliche Hauptrolle für den Film angeboten habe. Es sei ihr ganz selbstverständlich gewesen, in eine völlig neue, glitzernde und strahlende Welt katapultiert zu werden. Erste Presse-Interviews, Einladungen zu exklusiven Diners mit prominenten Leuten, ein eigener Fahrer, der sie zu allen Terminen fuhr.

„Ich habe voll die Bodenhaftung verloren!"

4

Im Kerzenlicht, das schummrig von einem Kandelaber auf einem großen runden Tisch fällt, verspeist die Dame im weißen Kleid das Abendmahl. Ihr gegenüber klappert ein vornehmer Herr mit Messer und Gabel über seinem Porzellanteller. Links und rechts von ihnen stochern zwei Kinder im Essen.

Der Herr des Hauses greift zur Glocke und klingelt, worauf eine füllige Bedienstete die Türe öffnet. „Babette, noch ein Glas Roten" ruft er.

„Ihre Dogge hat sie auch wieder dabeigehabt, diese Unperson?" Fragt der Herr die Dame, während Wein ins Glas gluckert.

„Es ist eine Schande! ´Canaille´ hat sie zu mir gesagt, ´Canaille´! Und dann hat mich dieser - dieser Student an die Schulter gefasst" sagt die Dame mit leicht brüchiger Stimme und fährt sich mit der Serviette an die Nase.

„Ein Skandal! Es ist ein Skandal, was sich diese Frau - nichts als eine Frau! - in unserem schönen München erlaubt!"

Die Vier essen schweigend weiter. Die beiden Kinder blicken zu ihrer Mutter, die sich nochmals die Nase abtupft.

„Nicht einmal bei der Polizei kann man sie anzeigen!" Erregt sich der Herr, während er sein Glas von seinen Lippen nimmt.

„Und sie wohnt auch noch direkt im Nachbarhaus. Ich kann ihren Anblick nicht mehr ertragen" seufzt die Dame.

„Ich werde sehen, was unser Onkel tun kann. Ein Hofmarschall sollte noch das Ohr eines Königs haben" fährt der Herr fort. „Diese Verpesterin aller öffentlichen Ordnung. Bei uns im Ministerium ist alles wie gelähmt. Und jetzt hat unser, na ja, unser König diesen, diesen Graf von Spessart auch noch zum Staatsminister des Äußeren bestellt! Er, na ja, unser König ist dieser, na ja, Unperson hörig – hööörig sage ich!!!"

„Albert, beruhige dich!"

„Wie soll ich mich beruhigen können, wenn ich an diese Weibsperson denke! Sakerament! Sakerament!!"

Die Dame klingelt mit der Glocke: „Babette, bringe sie die Kinder zu Bett."

„Sehr wohl, Madame."

Die beiden Kinder stehen auf: „Gute Nacht, Herr Vater! Gute Nacht, Mutter!" Der Herr und die Dame sitzen weiter vor ihren halbleeren Tellern. Er nippt noch einmal an seinem Wein: „Entschuldige, Cäcilie, aber es musste einmal sein!"

Undeutlich sind Gesangsfetzen und dann das Klirren einer zerspringenden Fensterscheibe zu hören. Das Ehepaar eilt zum Fenster und blickt auf die hell erleuchtete Seitenfront von Lolas Palais.

Lolamannia-Studenten sind zum linken Fenster im unteren Stockwerk getreten und mustern eine gebrochene

Scheibe. Binnen kurzem wenden sie sich wieder der Runde ihrer Kommilitonen zu, die hinter der weißen Gardine auszumachen sind. Aus dem undeutlichen Geschrei und Gegröle ist immer wieder „Prost!", „Lolamannia!", „Auf unsere Gräfin!" herüberzuhören.

Durch den oberen Fensterrahmen abgeschnitten ist ein schwarzer Rock zu erkennen, dessen Trägerin in der Mitte eines Kanapees sitzt, rechts und links neben dem Rock jeweils zwei schwarze Stiefel, halb von einem Tisch verstellt.

„Infam! Acht Uhr abends! Infam!" erregt sich der Herr, während er aus dem Fenster zu Lolas Haus hinüberspäht.

Seine Gattin hält sich die Hand vor den Mund.

5

„Felix! Sie haben mich völlig, wie heißt das, um die Finger gewickelt. Anfangs haben sie mich noch ganz harmlos gefragt, ob ich ihnen bei der PR helfen könnte. Warum nicht? Aber schon bald kamen diese Sprüche: `Ein Star kann sich nicht rar machen wie eine Jungfrau. Das ist nichts für Pietisten.` `Schätzchen, du musst sie provozieren!`. `Sex sells!`"

Dann habe sie auch eine angebliche Reporterin verprügeln müssen. Diese Flugzeuggeschichte. Das Bikini-Oberteil im Swimming-Pool verlieren.

Das Ganze sei einfach so eine Art PR-Strategie der

anderen Art gewesen.

„Felix, heute weiß ich mehr. Kein Star, nicht einmal eine durchschnittliche Filmschauspielerin, hätte sich je auf dieses miese Spiel eingelassen. Ich war einfach zu doof. Marilyn Monroe und Jayne Mansfield sind mausetot. Aber die wollten diese Skandal-Tour noch einmal durchziehen. Deshalb haben sie auch eine namenlose Anfängerin gesucht, der sie schnell ein Skandalnudel-Image verpassen konnten. Sie wollten den Film ins Gerede bringen. Ich war ideal für sie: sechs-undzwanzig, schwarzes Haar! Schauspielerin! Ein englischer Name ist immer gut für die Kasse!! Und das allerwichtigste: mein Name! Eliza Gilbert! Verstehst du, Eliza Gilbert und Liza Gilbert!! Der eigentliche Name von Lola Montez!!! Die Werbekampagne läuft schon: ′Eliza Gilbert is back!!′"

Auch die Männergeschichten seien inszeniert gewesen.

„Gut, nicht ganz inszeniert. Das mit Patrick weißt du ja. Aber als sie das später spitz bekommen haben, ist es auch gleich an die Presse lanciert worden. Sie haben mir zu irgendwelchen Empfängen immer wieder andere Schnösel zugeteilt. ′Gerüchte sind gut fürs Geschäft′ haben sie gesagt. Diese Oberwichser!! Ach, Felix, wie habe ich dich vermisst! Wirklich, wie habe ich dich vermisst! Ich war so allein!!"

Der Höhepunkt sei die Verlobung mit Johann Neumann gewesen. „Wer verlobt sich denn heute schon noch außer ein paar bescheuerten Amerikanerinnen! ?

Und das mit einem fünfunddreißig Jahre älteren Mann!?"

Paul habe sie durch den Fleischwolf gedreht. Aber es sei so im Vertrag gestanden: Sie habe kein Recht gehabt, das gesamte Drehbuch zu lesen, nur den Text zur eigenen Rolle, und das auch erst immer nur einen Tag vor dem Shooting. Sie sei ihm völlig ausgeliefert gewesen.

„Die wollten doch nur, dass ich nicht zu früh kapiere, was meine PR-Stunts mit meiner Filmrolle zu tun haben. Und jeden Tag im heißen Studio in diesem dämlichen schwarzen Kleid! König! Königin! Prinz! Prinzessin! Euer Gnaden! Sire! Das ist doch nur etwas für die Frau vom alten Griechisch-Professor von der Stanford-University! Aber glaub mir, jetzt habe ich mein Image wirklich weg! Die ersten Anfragen von Suck-Film und Tatjana-Productions sind schon da. Ich kann jederzeit die Hauptrolle für 'The golden cock' oder 'Born to fuck' bekommen."

6

Lola sitzt zwischen Beissner und dem anderen Lolamannia-Studenten, Karwaski, auf dem Kanapee und tätschelt beiden mit ihren Händen die Schenkel. Vor ihnen grölen die Studenten: „Bona nox! bist a rechter Ochs, bonna notte, liebe Lotte; bonne nuit, pfui, pfui, good night, good night, heut müß ma noch weit, gute Nacht, gute Nacht, s'wird höchste Zeit, gute Nacht, schlaf fei g'sund und bleib recht kugelrund!!!"

„Karwaski, gib er mir meine Zigaretten!" befiehlt Lola.

„Sehr wohl, meine Gräfin!" beeilt sich Karwaski zu sagen. Lola nimmt seine Hand und führt die Zigarette zu ihrem Mund, beugt sie sich vor, nimmt ein Streichholz vom Tisch, reibt es am schwarzen Leder von Karwaskis Stiefel und gibt sich damit Feuer.

Während Beissner grimmig nach rechts schaut, meint Lola: „Karwaski, probiere er!"

„Oh, gern, verehrte Gräfin, gern!"

Lola zieht jetzt eine weitere Zigarette aus dem Kristallglasbecher und steckt sie Karwaski in den Mund. Mit einem Streichholz, das sie an seinem Stiefel abreibt, gibt sie ihm Feuer. Karawaski zieht an der Zigarette, um gleich darauf stark hustend und nach Luft ringend nach vorn einzuknicken. Lola klopft ihm auf die Schulter, während Beissner mit finsterem Blick aus einem Bierhumpen trinkt.

„Sakerament! Sakerament!!" flucht der Herr aus Lolas Nachbarhaus vor sich hin, als er mit weit ausholenden Schritten durch ein Gartentor stürmt. Er eilt auf den Gendarmen zu, der unter der Straßenlaterne vor Lolas Haus Wache steht. „Herr Gendarm! Herr Gendarm! Gestatten Sie! Dr. Albert von Tannkirchen, Ministerialrat im königlichen Außenministerium! Hören Sie diesen infernalischen Lärm!? Beenden Sie diese - diese - diese Orgie!! Sofort!!"

Während die Melodie „Bona nox, bist a rechter

Ox!" laut auf die Straße hinausschallt, sagt der Gendarm stoisch: „Sie, Herr, Sie haben mir gar nix zu befehlen! Und außerdem: I hör nix."

„Hoch soll sie leben, hoch soll sie leben, dreimal hoch! Die Gräfin lebe hoch, hoch, hoch!!" ist zu hören, während auf einem Fresko eine in einem weiten Schleier gekleidete Frau zu sehen ist, die ihren Kopf an der Schulter eines nackten, lorbeerbekränzten Mannes ruht. Weitere Hochrufe dröhnen, zerknüllte weiße Hosen sind auf dem Boden verstreut. Gläser klingen und wieder: „Hoch soll sie leben!" Ein großer Haufen schwarzer Stiefel.

Nacktbeinige Studenten, nur mit langen, nachthemdartigen Hemden bekleidet, das rote Käppi auf dem Kopf, grölen: „Die Gräfin, sie lebe hoch, hoch, hoch!!!"

„Die Lolmannia, sie lebe hoch, hoch, hoch!!" ruft die schwarzgekleidete Lola ihren Verehrern, ein Sektglas in der Hand, zurück.

Zwei Studenten heben Lola an den Achseln hoch und setzen sie auf die Schultern zweier anderer, die dann mit ihr durch den Salon laufen. Ein dritter Student sichert sie von hinten ab.

Lola auf den Schultern der beiden Studenten, die anderen hinterdrein, hopsen im Kreis durch den Salon: „Heissa Kathreinerle, schnür dir die Schuh! Schürz dir dein Rökkele, gönn dir kein Ruh! Didel, dudel, dadel, schrumm, schrumm, schrumm, geht schon der Hopser rum! Heissa Kathreinerle, frisch immer zu!!"

Der Ministerialrat steht immer noch am Fenster im dunklen Zimmer und blickt, den Kopf nach vorne beugend, auf den Eingang zu Lolas Haus hinunter, aus dem die Studenten „Didel-dudel-dadel-schrumm-schrumm-schrumm-schrumm!!!"-grölend in den nächtlichen Garten hinaustorkeln. Ein Lakai öffnet ihnen das Tor zur Straße, hinter der die stumm ausharrende Gendarmen-Wache auszumachen ist. Nachdem fast alle schon durch das Tor zur Straße hinausgegangen sind, torkelt Beissner ihnen nach. Im Garten zertritt er mutwillig eine Blume und schlägt mit dem Fuß nach einer Delphin-Skulptur. Schließlich hat er im Zick-Zack seinen Weg auf die Straße hinaus gefunden. Der Lakai schließt endgültig das Tor.

Der Ministerialrat späht zum immer noch hell erleuchteten Salon hinüber.

Erneut ist, abgeschnitten durch den oberen Fensterrahmen, der untere Saum eines schwarzen Kleides auf dem Kanapee zu erkennen, daneben zwei nackte, dunkel behaarte Unterschenkel, die vom Knie an mit einem weißen Hemd bedeckt sind.

Eine Frauenhand bewegt sich zum Knie und schiebt das Hemd zum Oberschenkel hoch.

„Diesmal war es ein echter Skandal, kein PR-Gag." Es sei bei den Nachdreh-Arbeiten passiert. Sie habe nochmals eine Verführungsszene mit dem anderen Studenten-Liebhaber spielen sollen. Sie habe sich mit ihm auf ein Kanapee setzen müssen, und dann hätten sie sich auch noch gegenseitig ausziehen sollen! Wie er vor laufender Kamera und diesen heißen Scheinwerfern an ihr herumgemacht habe! Und sie habe so tun müssen, als ob sie Spaß daran finden würde!

Natürlich sei sie verkrampft gewesen.

Dann habe der Regisseur die Aufnahme unterbrochen. Sie solle Profil, nicht Halbprofil zeigen. Ihr Filmliebhaber sollte sich nicht neben sie setzen, sondern auf sie legen. Und so weiter, und so weiter.

Es habe sogar den Anschein gehabt, als ob schließlich alles in Ordnung gewesen sei. Sie sei auch schon auf dem Weg hinter die Spanische Wand gewesen, als sie daraufgekommen seien, dass der Mikrofongalgen im Bild gewesen war.

Also die ganze Prozedur noch mal von vorn.

Und plötzlich habe sie es ganz deutlich gesehen. Auch im Halbdunkel sei dieses dämliche, geile Gesicht vom Tonassistenten noch gut erkennbar gewesen, wie er einen Kollegen mit dem Ellenbogen anstupst habe - gerade als der Studentenliebhaber die Nippel ihrer Brust abgeschleckt habe.

Da sei sie ausgerastet.

Ja, sie sei ausgerastet, vom Kanapee aufgesprungen, habe die Kamera umgeworfen und sei halb nackt, wie sie war, am Aufnahmeteam vorbei, in ihre Garderobe verschwunden. „Wuummm!!!" habe die Türe gemacht.

Sie habe es satt gehabt, endgültig satt!

Eine Viertelstunde habe es gedauert, bis die ersten Klopfzeichen an ihrer Türe zu hören gewesen seien. Nach einer weiteren halben Stunde und immer lauterem Klopfen und Lärmen vor der Tür habe sie endlich geöffnet, worauf es wieder Streit mit dem Regisseur und dem aus dem Büro herbeigeeilten Produzenten gegeben habe. Es seien nur noch Beleidigungen gewesen, schlimmer denn je.

„Not a single centimetre with me anymore!!" habe sie geschrien und hastig die allernotwendigsten Sachen zusammengepackt. Der Kameramann, der ihr bisher immer noch am loyalsten von allen gewesen sei, habe sie bis zum Taxi verfolgt und sie beschwört, es sich noch einmal zu überlegen.

Nichts da! Nichts da! Ab zum Flughafen!

Sie habe den nächstbesten Flug genommen. Sie habe nicht gewusst, wohin sonst, und sie habe keinerlei Ahnung gehabt, was sie hier erwarten würde.

„Tja, mit den Nachdreharbeiten ist es wohl nichts geworden. Die müssen sich jetzt wohl eine andere Version zusammenstöpseln."

8

Müde geht sein Blick wieder vom Fernsehschirm weg, erst zu den Fotos an der Wand, hinüber zum Schreibtisch, auf dem seine Kamera liegt. Im Regal daneben stehen die paar Bücher, die er hierher hatte mitbringen können.

Er sucht nach dem schwarzen Schmetterling, kann ihn aber nicht mehr finden. Dann sieht er es, ganz oben auf dem Regal.

Ganz oben auf dem Regal ist ein Kolkrabe mit metallisch schwarz schimmerndem Gefieder. Er hat den Kopf seitlich gewendet, fixiert ihn neugierig mit seinen kleinen Augen und schüttelt die Flügel aus.

Er hat keinerlei Ahnung, wie der Kolkrabe mitten in seine Wohnung hat kommen können. Oder hatte er den Schmetterling mit einem Raben verwechselt oder den Raben mit einem Schmetterling?

„Gibs auf!" sagt eine Stimme in ihm.

Lange war es noch so gewesen, als ob der Geist vom Hotelzimmer in die Gegenwart eingebrochen wäre. Der Geist war Liza. Die Gegenwart, das war sein Appartement. Was hatte Liza hier zu schaffen? Allmählich begriff er, dass es sich um keinen Geist, sondern wirklich um Liza handelte.

Er stand von seinem Sessel auf, ging gedankenverloren um den großen Glastisch herum, musterte seine Bücher im Holzregal und strich mit seinen Fingern über das in der Holzscheide steckende Samurai-Schwert, das er einmal auf einem Trödelmarkt gekauft hatte.

Er zog das stählerne Schwert zur Hälfte heraus und strich mit den Fingerkuppen über die Klinge. Lange stand er so da. Dann steckte er das Schwert wieder zurück und meinte zu ihr: „Gehen wir an die frische Luft?"

Frisch war es nicht. Schon eine Straße weiter war die Luft mit Tränengas gesättigt. Granaten und Molotov-Cocktails lagen noch von der letzten Straßenschlacht herum. Liza sah in fragend an.

Wie ein schlechter Nachrichtensprecher, tonlos, erklärte er ihr, dass dies die letzte Zeit fast rituell passiere. Dort drüben wäre das Eingangstor zum Universitäts-Campus. Immer wieder, wenn sich die Demonstranten vom Campus aufmachen, würden sie direkt vor dem Eingangstor von der Riot-Police gestoppt.

„Weißt du nicht, dass sich die südkoreanischen Studenten jetzt mit den Nordkoreanern verbünden wollen? Sie wollen nichts mehr mit den Amerikanern zu tun haben. Amerika ist am Ende. Die Sache mit den letzten Wahlen ist völlig aus dem Ruder gelaufen. Demokraten und Republikaner reden nicht mehr miteinander. Sie schießen aufeinander! Jetzt wollen alle nur noch weg von den Amerikanern!"

„Ja, natürlich weiß ich davon. Man hört ja nichts anderes mehr als vom Zweiten Amerikanischen Bürgerkrieg" sagte sie. „Aber es war mir bisher nicht so richtig klar. Im übrigen habe ich mich in den letzten Wochen ganz wenig für Politik interessiert. Der Film war wichtiger."

„Amerika, dein Vaterland, zerfällt! Es war schon lange vorauszusehen. Amerika kann keine Schutzmacht für Südkorea mehr sein. Die gewöhnlichen Koreaner wollen nichts mit Amerika zu tun haben, sie hassen Amerika, was sie schon immer getan haben. Viele Koreaner wollen die Vereinigung. Die Studenten gehen soweit, dass sie sich dem kommunistischen Norden anschließen wollen. Die Politiker kämpfen mit allen Mitteln dagegen."

Sie landeten in einer Bier-Kneipe.

Die breite Schaufenster-Auslage im ersten Stock hatte Talmi-Glanz-Luxus versprochen. Nachdem sie die Tür mit einem Griff aus einer nackten Messing-Frau geöffnet hatten, ließen sie sich in einem mit Aircondition eisgekühlten Raum in tiefe Lederimitat-Sofas fallen. Auf den Tischen standen Antik-Telefone, und aus den High-Tech-Lautsprechern dudelte uralte Techno-Pop-Kultur.

Er fühlte sich freier, nicht mehr in die Defensive gedrückt und ging zur Offensive über. Er fragte sie nach ihren Männergeschichten.

Die Antwort war simpel: „Bis auf den One-night-stand mit Patrick war nichts!"

Er schüttelte ungläubig den Kopf. Das könne doch nicht

möglich sein. Er würde ja in Maßen sogar Verständnis dafür aufbringen, wenn sie eine Affäre gehabt habe.

Liza schüttelte nur den Kopf: „Es war nichts. Glaube mir!"

Zum ersten Mal fiel ihm auf, dass sie eigentlich wie immer war und wenig von diesem Übernervösen, Zickigen, Größenwahnsinnigen hatte, das ihr, dem Drittklassen-Star, angeheftet worden war.

Ohne dass sie ihn aufgefordert hätte, begann er von seiner Geschichte mit Mi Sun zu erzählen.

„Es ist nicht schwer gewesen, Mi Sun zu überreden, mich zu dieser Stadt im Süden zu begleiten, weil sie selbst von dort gestammt hatte", erzählte er. „Vor einigen Jahrzehnten haben sie dort diesen Volksaufstand gehabt. Mi Sun hat mir ein paar Steindenkmäler und den Heldenfriedhof gezeigt. Sozialistischer Realismus. Riesen-Granitgummispielzeug-Soldaten spielen Revolution."

Er nippte am Bierglas.

Liza setzte ein merkwürdig ironisches Lächeln um die Mundwinkel auf.

„Ich habe zusammen mit Mi Sun in einem Love-Hotel übernachtet. Schmutziges Zimmer, heruntergerissene Papiertapeten an der Wand. Wasser hat aus der Wasserleitung getropft. Die Mücken haben die ganze Nacht gesirrt. Willst du Details?"

Statt irgendeine Antwort zu geben, begann Liza plötzlich leicht zu kichern. „Mi Sun lebt mit ihrer älteren

Schwester zusammen" erzählte er weiter. „Sie ist fünfundzwanzig, aber die Schwester behandelt sie immer noch, als ob sie ihre Mutter wäre. Die Schwester, niemand darf von unserem Verhältnis wissen. Eine unverheiratete Frau, die sich auf einen Ausländer einlässt...! Frauen müssen jungfräulich -"

Er hielt inne und nahm aus seinem Glas einen weiteren Schluck.

Jetzt sah er es auch: eigentlich war es kein Glas im üblichen Sinn. Es handelte sich, wie ihm durch Lizas Blick klar und was ihm mit der Zeit fast selbstverständlich geworden war - um nichts anderes als einen mit gelbem Bier aufgefüllten gläsernen, nackten Frauentorso, dessen ausgeprägte Brüste und Hüften er die ganze Zeit schon mit seinen Fingern umspielt hatte.

Er verstand. Oder vielleicht verstand er auch nicht. Er fiel in ihr Kichern ein. Lange genug hatte er versucht, die andere Kultur zu verstehen, zu akzeptieren, zu integrieren. Jetzt fand er sich plötzlich in einem surrealistischen Theaterschauspiel wieder.

„Und das ganze Essen, und das ganze Essen -" fiel ihm mit prustender Stimme ein, „ist nur für die, für die männliche, männliche - Potenz!!! - Wovon sollen sich Frauen, Frauen ernähren!!!"

Gegen Mitternacht gingen beide in sein Appartement zurück. Der Weg war immer noch mit Molotov-Cocktail-Scherben und leeren Gasgranaten übersät.

Wir beide zusammen

1

Vom Dach eines dreistöckigen, ockerfarbigen Gebäudes geht der Blick hinunter auf einen hufeisenförmigen Platz. In der Mitte ein großer runder Brunnen. Studenten in vollem Wichs, Bücher in der Hand, treten am Brunnen kleine Trampelpfade in den Schnee.

Ein am Brunnen stehender Student mit langer weißer Hose, dicker schwarzer Weste und blauem Käppi erregt sich: „Spessart, der neue Minister, hat auf ihrem Kommers gsagt, dass sie ein Modell männlicher Tugend san."

„Hurendienst machens, nix als Hurendienst" antwortet ein im selben Wichs gekleideter Bärtiger.

„Modell männlicher Tugend! Und ein Vorbild sans für die degenerierte Jugend ihres Alters, hat er noch gsagt" fährt der erste Student fort und schmaucht an einer Keramikpfeife.

„Und hoffn, dass es durch die Babylonische zu an guatn Posten bringen!"

Unter den Arkaden am Eingangsportal steht ein junger Herr in bürgerlichem Frack und Zylinder: „Habt ihr euch schon einmal die Käppis der Lolamannen genau angesehen?".

„Na!" tönt es aus dem Kreis der Umstehenden mit den schwarzen Käppis. „So nah möcht ich denen net kemma. Die stinken ja wie die Pest!"

„Solltet ihr aber, solltet ihr. Die Käppis sind aus dem Unterrock der Hurengräfin. Habe es selbst gesehen!"

„Da kommens, die Lolamannen, da kommens!" ruft ein Student mit grünem Käppi, der mit einigen anderen vor den Arkaden steht und deutet mit dem Finger ins Dunkel des Eingangsportals.

„Pereat! Pereat!!" gellt es Beissner entgegen, als er in Begleitung eines anderen Studenten auf den Platz tritt. Ein Pfeifkonzert legt sich über den Platz. Beissner und sein Begleiter gehen betont langsam weiter. In der Nähe des Brunnens bleiben sie kurz stehen und wechseln ein paar Worte. Sie schlendern vom Platz auf den von renaissanceartigen Bauten eingefassten Boulevard hinaus. Etwa zwei Dutzend immer noch pfeifender Studenten folgen ihnen.

Beissner zu seinem Begleiter: „Warte nur, Steinberg, sie werden es büßen!"

„Memmen!" sagt Steinberg.

Die pfeifenden Studenten hinter sich biegen Beissner und Steinberg in eine Seitenstraße ein. Passanten bleiben stehen und gaffen dem Schauspiel zu.

Plötzlich spielt ein freudig-erstaunter Ausdruck um Beissners Mund. Er nimmt das Käppi in großem Schwung vom Kopf, deutet einen Bückling an und beschleunigt seinen Gang. Steinberg folgt seinem Beispiel.

Die Studentenhorde hinter ihnen stellt das Pfeifen ein, bleibt ebenfalls stehen, macht kehrt und verschwindet hinter der nächsten Ecke.

Einen Häuserblock weiter, auf Beissner und Steinberg

zukommend, ist der König mit grauem Mantel, Zylinder und Spazierstock zu erkennen.

„Haben er heute keine Vorlesung?" fragt der König den sich tief nach unten verbeugenden Beissner.

„Allerehrwürdigste Durchlaucht, die Vorlesung ist ausgefallen."

„So, so! Warum?"

„Sire, bitte devotest berichten zu dürfen, dass der akademische Rat May die Vorlesung ausfallen zu lassen geruht hat, weil die anderen Studenten nach unserem Betreten des Saals die Vorlesung wieder verlassen haben. Sire, gestatten zu bemerken, die Verbindungen Franconia, Suevia und Danuvia lassen jede Achtung unserer und von Allerehrwürdigster Majestät höchstpersönlich gegründeten Lolamannia vermissen."

„So, so, hat ausfallen lassen. Lassen Achtung vermissen, Franconia, Suevia, Danuvia. Werde Erkundigungen einziehen. - Wann haben die Gräfin das letzte Mal gesehen?"

„Sire, gestatten untertänigst zu berichten: heute morgen."

„Heute morgen?"

„Wenn ehrwürdige Majestät zu bemerken gestatten. Ich treffe sie jeden Morgen."

„Jeden Morgen?!"

„Sire, ich dachte, Euer Hoheit wussten. Jeden Morgen, wenn ich meine kleine Kammer im Hinterhaus des Palais von Madame Gräfin... „

„Er wohnen bei Lola, meine, der Gräfin!?"

„Allerehrwürdigste Majestät, habe gedacht, Majestät wussten…"

„Werde Erkundigungen einziehen!"

Ohne ein weiteres Wort zu sagen, wendet sich der König abrupt von den beiden Lolamannen ab und geht in Richtung des Boulevards weiter. Die beiden verharren kurz in Verbeugungshaltung. setzen die Käppis wieder auf und gehen weiter.

„Weiß nicht, dass ich bei der Frau Gräfin wohne? Aber ich wohne doch schon seit einem Monat bei ihr!" rätselt Beissner. „Die Gräfin hat mir doch selbst erzählt, dass seine Majestät höchstpersönlich dafür sorgen will, dass ich mich mit ihr verheirate."

2

Die Tür zu seinem Appartement ist immer noch gähnend leer. Er sieht zum Verband um seinen Bauch hinunter. Es ist nur noch ein blutiger Lappen.

Es wird ihm kälter, immer kälter.

„Alles wird gut!" sagt die eine Stimme zu ihm. „Alles wird gut!"

Da murmelt er: „Eine Schauspielerin!"

3

Jeweils fünf Schläge einer Zimmeruhr und einer

Kirchturmuhr übertönen sich gegenseitig, als der König hinter seinem Schreibtisch mit knarrender Feder etwas auf ein Blatt Papier schreibt und dabei undeutlich murmelt: „Sie erniedrigt mich in der öffentlichen Meinung. Sie will nicht wie eine Geliebte leben, aber sie will die Macht einer Geliebten."

Im Saal ist nur noch das Ticken des Pendels der Standuhr vernehmbar.

Der König schreibt weiter, legt den Federkiel ab, überfliegt das Geschriebene, wischt sich über die Stirn. Sein Blick geht zur gegenüberliegenden Wand und ruht starr auf dem Holzbild mit dem im altrömischen Stil gemalten, halbnackten Paar.

Er erhebt sich von seinem Schreibtisch, geht über den knarrenden Parkettboden zum hohen, rundbogigen Saalfenster und schiebt die Gardinen etwas zur Seite.

Durch dicke Schneeflocken hindurch sind die grauen Silhouetten eines Hantschier-Trupps zu erkennen, der über den weiß eingeschneiten Schlossplatz in Richtung Hauptportal marschiert. Vor dem gegenüberliegenden Gebäude ist das Gelb einer Postkutsche auszumachen. Ein schwarzer schäferhundartiger Hund läuft einer Fährte im weißen Schnee im Zickzack nach.

Der König wendet sich wieder dem Inneren des Saales zu, geht zum weißen Porzellan-Ofen mit dem knisternden Feuer und wärmt sich die Hände. „Sie will nicht wie eine Geliebte leben, aber sie will die Macht einer Geliebten!" murmelt er.

Er geht zum Schreibtisch zurück, bleibt davor stehen, dreht das beschriebene Blatt Papier um und richtet seine Augen nochmals darauf. Schließlich nimmt er das Papier in die Hände, liest stumm darin und geht vom Schreibtisch zur Saaltür. Mit lauter werdender Stimme murmelt er: „Wenn sonst niemand mehr da ist, um mit ihr zu sprechen, dann kann ich bleiben. Wenn der Hund Turk sprechen könnte, würde er mehr Aufmerksamkeit bekommen."

Er bleibt vor der Saaltür stehen, lässt die Hand mit dem Schriftstück sinken und fährt sich mit den Fingern der anderen Hand über die Augen. Im Stehen liest er weiter, wobei aus seinem undeutlichen Gemurmel herauszuhören ist: „...Wenn ich nicht alles mache, heißt es, ich hätte nichts gemacht... Wenn ich die Wünsche erfülle, höre ich kaum einen Dank, geschweige denn einen Ausdruck von Zufriedenheit."

Er setzt das Papierblatt wieder ab, hält es in seinen hinter dem Rücken verschränkten Händen und geht zum Saalfenster zurück, wo er durch die Gardinen auf den Schlossplatz hinunterblickt. Der versinkt in der Dämmerung im Schnee. Eine in ein schwarzes Cape und in einen langen schwarzen Rock gekleidete Frau, ein kleines Mädchen an der Hand, überquert den Schlossplatz, wobei ihr eine Magd zum Schutz vor dem Schneetreiben einen Schirm über den Kopf hält. Murmelnd ist wieder die Stimme des Königs zu hören: „Sie will ihren Geschmack nach leben, mit Studenten, und ohne die mindeste

Rücksicht für mein Herz und meine Ehre... Sie will nicht wie eine Geliebte leben, aber sie will die Macht einer Geliebten. Das ist meine Situation ihr gegenüber."

Der König geht stumm, das Papier in der Rechten, vom Saalfenster zum Schreibtisch zurück, bleibt davor stehen, zerknüllt das Papier in seinen Händen und wirft es mit kraftlosem Schwung auf den Boden.

4

Im Appartement sahen er und Liza auf dem Fernsehbildschirm, wie der König seinen Lagebericht schreibt, den Federkiel ablegt, nochmals das Geschriebene überfliegt und sich über die Stirn wischt.

Endlich hatte man Liza eine Presse-DVD ihres Films zugesandt. Immer und immer wieder hatten sie diesen Filmausschnitt laufen lassen.

„Johann Neumann, der König von Bayern!!" kicherte sie. „Wenn du genau hinsiehst, merkst du, dass er nur noch die Hälfte Zahnfleisch hat. Die Haare sind ausgefallen. Die dicken Tränensäcke unter den Augen! Und in Wirklichkeit ist er viel dicker! Für den Film hat er fünf Kilo abspecken müssen. Sieh mal, wie gequält sich Sire über die Stirn wischt! Mein kleiner süßer bayrischer König!"

„Aber so geht doch kein Mensch, nicht einmal ein König, so komisch würdevoll! Der bleibt ja fast nach jedem Schritt stehen!" machte er sich lustig.

„So ist er nun einmal. Distinguiert, vornehm, würdevoll. Rate mal, warum sie Johann Neumann genommen haben!"

„Das Licht! Immer von unten! Wie in einem billigen Reklamespot!"

„Johann! Er war immer Johann. Nie hätte man Hans oder gar Johnny zu ihm sagen dürfen. Er hat nicht nur als König, er hatte auch als Privatmensch Stil – das muss man ihm lassen. Sein Leben lang hat er immer nur Aristokraten gespielt, Nebenrollen. Das war seine erste Hauptrolle."

„Und mit dem warst du verlobt?"

„Du weißt es doch. Vielleicht bin ich es sogar immer noch. Ich weiß nicht, wie das Gesetz ist. Ich habe mich nie formal von ihm entlobt. Ich habe genug vom ganzen Movie - und von ihm."

„Hast du also doch etwas mit ihm gehabt?"

Sie sah ihm kurz in die Augen, dann wieder auf den Fernsehschirm, auf dem jetzt Revolutionsszenen flimmerten. „Ich habe dich noch nie angelogen" sagte sie mit fester Stimme. „Glaube mir, es war nichts. Was soll ich mit so einem alten Kerl!"

Dann sah sie ihm plötzlich tief in die Augen.

„Sag mal, spinnst du?!"

Die Abenddämmerung brach herein. Immer dunkler wurde es im Zimmer. Es flimmerte vom Fernsehschirm. Sie sahen der Kutsche zu, wie sie in rasender Fahrt durch die Menschenmenge poltert. Der Ton war schon seit einiger Zeit heruntergedreht. Von draußen brüllte wie eh und je der Verkehrslärm herauf.

Auf dem Bildschirm war der König zu sehen, wie er sich in Lolas verwüstetem Palais auf ein aufgeschlitztes Bett setzte. Plötzlich sagte sie: „Felix, sag mir, was gibt es sonst noch im Leben außer Liebe! Was sonst wird dich leben lassen? Was sonst?! Felix, ich will dir Wärme im Winter geben, Eis in der Hitze. Ich will die Frau sein, die verschwindet und deinen Schatten sucht. Ich will die Frau sein, die deine Träume und deine Wirklichkeit bestimmt."

„Wie du ihn im Film geküsst hast?!"

„Felix! Du hast einfach zuviel Lola-Montez-Filme gesehen. Ich bin nicht wie Lola." Und im übrigen, setzte sie hinzu, sei die historische Lola Montez auch viel anders gewesen. Der Film sei viel zu reißerisch. „Sie war nichts anderes als ein Opfer der Verhältnisse. Lola Montez war ihrer Zeit nur ein bisschen voraus. Eine verfrühte Feministin." Sie hätten aus einer ungewöhnlichen Frau, die in einem patriarchalischen System um ihre Rechte und um ihre Anerkennung kämpfte, eine nymphomane Hochstaplerin gemacht, die eiskalt mit anderer Leute Gefühle und Geld spielt. „Die ganzen Seitensprungaffären sind pure Erfindungen. Das hat sich der Drehbuchautor ausphantasiert."

„Ich finde, sie hat etwas Hysterisches an sich. Dieses Schreiende, Grelle, Aufreizende, Exzentrische! Ich mag sie nicht! Ich mag auch dich in dieser Rolle nicht!"

„Felix, wer hat denn die Lola gespielt. Ich muss es doch wohl besser wissen. Ich war es schließlich, die die Regieanweisungen umgesetzt hat. Von Hysterie war nie die Rede. Sie wollten nichts anderes als eine Nymphomanin in einem Historien-Sexfilm." Sie erklärte noch, dass der historische Ludwig I. Lola Montez auch nicht hörig, nur eine Mätresse mehr gewesen sei, die das Pech hatte, dem Klerus und den Ministern zu missfallen. Er sei es eigentlich gewesen, der mit ihr und ihren Gefühlen gespielt hat – der gleiche Hurenbock wie Johann Neumann."

Er wollte protestieren. Für ihn war Ludwig ein Romantiker, einer, der die neue Zeit noch nicht verstanden hatte, wie sie sich zum ersten Mal mit Lola Montez ankündigte. Marilyn Monroe, Marlene Dietrich, Brigit Bardot, Madonna, Lady Gaga, das waren für ihn die Ikonen dieser neuen, Narzissmus und Exzentrik huldigenden Zeit. Es waren die neuen Schamaninnen.

Aber dann ließ er es sein.

Das Zimmer war endgültig in Dunkel getaucht. Das Flimmern des Fernsehers ließ Lizas Gesicht und das Mobiliar bläulich fahl schimmern, als beide in Schweigen verfielen. Liza sah sich selbst auf dem Fernsehschirm zu, wie sie unter wallender schwarzer Perücken-Haarmähne, eine Zigarette im Mund, vor einem Fenster steht.

„Du sagst, du liebst mich immer noch. Warum liebst du mich?"

„Ich habe mich immer so gut gefühlt, wenn du mich gestreichelt, geküsst hast und in mir warst."

„Warum liebst du mich?" beharrte er weiter zu dieser bläulich angestrahlten, kurzhaarigen Frauensilhouette, während gleichzeitig Lizas schönes, von wallendem schwarzen Haar eingerahmtes Gesicht auf dem Fernsehschirm zu sehen war.

„Vielleicht hasst du mich jetzt, vielleicht verachtest du mich. Vielleicht will ich es sogar, dass du mich hasst und verachtest, damit wir beide Ruhe finden können", sagte sie aus dem Dunkel heraus, kam zu ihm in seinen Ledersessel herüber und setzte sich auf seinen Schoß. „Vielleicht. Ich weiß es nicht. Es ist soviel passiert. Es ist soviel Zeit vergangen. Aber ich will nur mit dir sein. Ich will dich entdecken. Ich will mit dir Liebe machen, ganz langsam, nur mit dir. Du bist dieses Traumland, das so wundervoll gewesen ist, als ich es das erste Mal gesehen habe. Ich habe immer nur den einen Wunsch gehabt, dorthin zurückzukehren. Ich will dich spüren, ich will dich in mir spüren - ganz tief in mir spüren!"

Während sie ihn und sich halb ausgezogen hatte, lachte auf dem stummen Fernsehbildschirm Liza, ganz in Schwarz gekleidet, zu einem Fenster hinaus.

Er war schon in ihr, als er sie schwer atmend nochmals fragte: „Liza, warum liebst du mich?"

„Wir beide zusammen!" antwortete sie stöhnend.

Tot sind alle gleich

Dunkle Wolken ziehen über das steile, weiß über-
zuckerte Hochufer eines Flusses hinweg. Im nackten,
vom Wind gepeitschten Geäst der breit ausladenden
Eiche oben an der Hochuferkante haben sich Hunderte
von Kolkraben niedergelassen. Ihr lautes Krächzen und
Zanken zieht immer mehr Artgenossen von den ver-
schneiten Feldern rundum an.

Der Blick geht vom Hochufer hinunter zu den grünen
Stromschnellen im brausenden Fluss, hinüber zum
anderen Ufer, wo hinter Ufergebüsch zwei Zwiebeltürme
sichtbar werden.

Ein schwarzer, schäferhundartiger Hund jagt auf dem
Kamm des Hochufers mit gefletschten Zähnen auf die
Eiche zu. Noch im Laufen stimmt er ein heiseres Gebell
an. Unter dem Baum stoppt er abrupt und bellt in das
Geäst mit den Kolkraben hinauf. Er rast wild, völlig
außer sich, um den Baumstamm herum und versucht
daran hochzuspringen.

Aus der kahlen Baumsilhouette lösen sich erst einige
wenige, dann ein paar Dutzend und mit einem Mal
Aberhunderte und fliegen in den grauen Himmel. Die
Rabenwolke fliegt zur Stadt hinüber. Rauchschwaden-
gleich schraubt sich der Schwarm an den zwei Zwie-
beltürmen empor und weiter und weiter hoch in die Luft.
Andere Raben steigen aus der Stadt auf und schließen
sich ihnen an. Die Rabenwolke tanzt über der Stadt,

dehnt sich aus, zieht sich zusammen, reißt auseinander.

Die Vögel steuern auf einen großen Platz zu, der an der Stirnseite von einer hohen Halle, rechts von einer ockergelben Barockkirche und links von renaissance-artigen Bauten begrenzt ist.

Die Schwingen laut auschüttelnd lassen sie sich zu Hunderten auf der Flachdachkante der Halle nieder. Andere steuern auf den rechten vorderen Turm der Barockkirche zu und krallen sich an den schnecken-artigen Vorsprüngen unterhalb der Rundkuppel fest. Tief unter dem Turm kämpfen sie, wirr durcheinanderfliegend, um einen Platz auf dem First des herrschaftlichen Wohnhauses, das an die Kirche anschließt. Einander immer wieder verscheuchend sind sie auch am anderen Ende des Platzes, oben auf der Regenrinne des re-naissanceartigen Gebäudes, auszumachen.

Unten auf dem großen Platz, gegenüber der Kirche, haben sich zahlreiche Studenten und junge Burschen versammelt. Sie gestikulieren wild. Blau uniformierte Gendarmen mit zylinderartigen, schwarzen Helmen ver-sperren, von weitem zu sehen, der Menge den Zugang zu einem Gebäude. „Pereat!", „Raus mit den Lolannen!!" ist undeutlich bis zum Turm herauf zu hören. Das Geschrei vermischt sich mit dem Krächzen der Kolkraben und dem Pfeifen des Windes.

Liza hätte schon längst da sein müssen. Sie wollte nur noch ein paar Einkäufe für einen Ausflug zu *Buddhas Geburtstag* machen. Allmählich war er unruhig geworden und hatte zum Fenster hinuntergeschaut.

Da war wieder der altvertraute Blick auf das Gemisch von Menschen, Häusern und Maschinen. Eigentlich hätte er nur noch die Abbruchruinen der alten Hütten und die Stahlskelette der neuen Wolkenkratzer fotografieren sollen.

Drüben beim Universitäts-Tor war alles friedlich. Es war fünf Uhr nachmittags, Ende der Vorlesungszeit. Ohne auch nur den Versuch zu machen, abzubremsen, brausten ein paar Studenten auf ihren schweren Motorrädern durch die Pulks ihrer lachenden, feixenden und wild gestikulierenden Kommilitonen. Uniformierte Militär-Studenten marschierten, die Arme zackig nach vorn und hinten reißend, Augen gerade aus, durch das Gewimmel. An das große Gebäude rechts neben dem Tor wurde ein überdimensioniertes, mit einem Trauerrand versehenes Plakat, auf dem das Porträt eines Studenten zu sehen war, in Stellung gebracht. Einige Dutzend hatten sich davor aufgestellt, skandierten etwas Unverständliches mit zum Himmel erhobenen Fäusten.

Links von ihnen stand eine westlich wirkende Frau mit einem ebenfalls westlichen Mann im Menschen-Gewimmel. Sie waren nur undeutlich zu erkennen gewesen.

Aber er meinte, sich sicher zu sein, dass die Frau Liza war. Und der Mann war Bernd Gutmann.

Mit einem Mal wurden beide wieder von den Studenten-Pulks verschluckt.

3

Aus der Ferne, vom Kirchturm her, ist immer näher das rote Käppi eines Studenten zu sehen, der sich von hinten der johlenden Menge auf dem Platz nähert und durch sie hindurch Zugang zum umlagerten Gebäude sucht.

„Lasst mich durch! Durchlassen!" ruft der Student. Erstaunt wenden sich zwei Studenten um und setzen mit breit auseinandergezogenem Mund ein spöttisches Lachen auf. „Schauts mal, wer da is? Na, wen ham mer denn da?" rufen sie ihren Kumpanen zu, die immer noch zum Gebäude hin gestikulieren. „Steinberg! Schau mal an!" Das Schreien der Menge wird leiser. Die am vorderen Rand Stehenden wenden sich alle zu Steinberg zurück. „Der Adlatus vom Beissner!" ist zu hören. Im Nu bildet sich um Steinberg ein Kreis, in dem er von einer Seite zur anderen geschubst wird. „Der Herr Lolamanne will zu seinen Huren-Dienern um Hurendienst zu machen!"

„Lasst mich durch! Lasst mich durch!" schreit Steinberg voller Angst, während er weiter im Kreis herumgeschubst wird. Wieder ein kräftiger Stoß, und Steinberg fällt mitten im immer enger werdenden Kreis auf den Boden.

Er richtet sich angstverzerrt vom Straßenpflaster auf, reißt den Kopf nach links und rechts herum.

„Na, hast heut dein Weiberrock vergessen!"

Wieder schubst ihn eine Hand nach hinten. Rücklings stolpert er in die Menschen-Wand rings um ihn hinein. Eine Hand packt ihn an der Schulter.

Da greift Steinberg in das Innenfutter seines Mantels und zieht einen Dolch heraus. Der Ring um ihn wird mit einem Mal größer. Mit weit aufgerissenen Augen, den blitzenden Dolch drohend in der rechten Faust, will sich Steinberg einen Weg durch die Menschenmasse bahnen.

Zwei Hände fassen von hinten zu seinen Rockschößen. Steinberg wirbelt herum, schreit wieder „Lasst mich durch!" und stochert mit seinem Dolch in die Luft.

Das Johlen und Schreien macht plötzlicher Stille Platz, und das höhnische Lachen auf den Gesichtern der Umstehenden verkehrt sich in Wut und Angst. Steinberg hält den Dolch weiter drohend in die Höhe und geht langsam auf die vor ihm Stehenden zu.

Da packt eine Faust von hinten Steinbergs Hand mit dem Dolch. Ein Arm legt sich um seinen Hals.

Ein Gendarm umklammert Steinberg von hinten, schreit ihn an: „Fallen lassen!" Ein zweiter Gendarm kommt hinzu und entwindet ihm den Dolch. Beide packen Steinberg von links und rechts und marschieren mit ihm durch die sich in der Menge öffnende Gasse. Sie zerren ihn zu dem Gebäude, über dessen Eingang golden die Inschrift „Café" prangt. Ein Kordon Polizisten steht davor Spalier.

Die beiden Polizisten lockern ihren Griff. Steinberg entwindet sich ihren Händen und rennt mit wehendem Rock, das rote Käppi fällt auf das Straßenpflaster, zur sich öffnenden Eingangstür des Cafés. Die Tür fällt laut klirrend hinter ihm ins Schloss. Die beiden Polizisten, die Steinberg den Dolch entwunden haben, beziehen im Kordon der anderen direkt vor dem Eingang Posten.

Die Menge rückt immer weiter auf die Polizeikette vor. Erstaunte, fassungslose und wuterfüllte Gesichter sind auszumachen. Ein korpulenter Student mit massigem Kopf, Franz, macht sich zum Wortführer der bislang immer noch perplexen und schweigenden Menge: „Verhafts den Mörder! Verhaften, sag i!"

Die Polizisten stehen weiter wortlos vor dem Café Wache. Aus der Menge wird wieder „Verhaften! Verhaften!!" geschrieen. Die bisherige Stille kippt in lautes, unartikuliertes Geschrei um.

„Raus mit eahna!!"… „Bringts´n um, bringts´n um!!!"

Die Gesichter von Steinberg und Beissner werden zwischen zwei Polizisten hinter den Fensterscheiben des Cafés erkennbar. Zwei direkt vor dem Eingang postierte Polizisten tuscheln miteinander. Daraufhin tritt der rechte von ihnen einen Schritt aus der Kette nach vorn und ruft der gespannt lauschenden Menge zu: „Da gibts nix zu verhaften. Is nix passiert. Wir wern schon wissen, wen wir verhaftn tan. Gehts nach Haus! Habts nix verloren da!"

Einige Sekunden schweigen die ungläubig Dreinschauenden noch. Dann geht ein wüstes, orgiastisches Geschrei durch die Meute. Fäuste, Spazierstöcke, Regenschirme und Holzprügel werden in die Höhe gereckt. „Bringts´n um, bringts´n um!!!"

Franz schreit: „Raus mit eahna, raus mit eahna!!"

Die gellende Menschenmasse rückt mit wutverzerrten Gesichtern einen weiteren Schritt auf die Polizistenkette vor.

Plötzlich ertönt Hufeklappern.

In die Gasse zwischen dem Polizeikordon und der in ohnmächtiger Wut schreienden Menge sprengt ein Trupp berittener Polizisten mit blanken Säbeln hinein. Das Kommando „Zurücktreten!!!" ertönt. Die vor Zorn rasenden Belagerer springen erschreckt zurück.

Das Toben und Schreien der Menge hallt laut nach oben zum Kirchturm hinauf. Dort lugen die kreischenden Kolkraben mit verdrehtem Kopf auf die Linie der Gendarmen vor dem Café hinunter, auf die berittenen Polizisten und die Menge der Belagerer davor. Aus den zum Platz führenden Straßen strömen Handwerksburschen mit Zipfelmützen, stämmige Bürger in Arbeitskitteln und vornehme Herren mit Zylindern. Mägde in einfachen Dirndln und Damen mit seiden glänzenden Kleidern stehen in geziemender Entfernung an allen Ecken des Platzes in Gruppen herum und deuten auf das Café hinüber.

Vom Kirchturm aus wird unten eine Frauengestalt mit schwarzem Kleid und Hut erkennbar. Ein Herr mit Zylinder versucht ihre Hand zu fassen, um sie am Weitergehen zu hindern. Die Frau entwindet ihm die Hand. Ein paar Dutzend Gestalten, die Hände aufgeregt herumfuchtelnd, folgen ihnen schreiend in kurzem Abstand.

„Verehrteste Gräfin, ich bitte sie inständig umzukehren" ruft der Herr mit Zylinder. Er hat Mühe sich im allgemeinen Geschrei Gehör zu verschaffen, aus dem immer wieder „Weg mit der Hex!!" oder „Raus mit ihr!!" herauszuhören ist. Er hat Mühe, mit der schnell und energisch ausschreitenden Lola Schritt zu halten.

„Pah, ich fürchte diese Canaille hinter mir nicht, und ich werde auch die Canaille vor mir nicht fürchten! Ich werde es nicht zulassen, dass Beissner misshandelt wird!"

„Gräfin, bitte, ich bitte Sie!"

Von oben ist zu sehen, dass die beiden jetzt direkt am einen Ende des großen Platzes angekommen sind. Am gegenüberliegenden Platzende sind die vielen aufgebrachten Demonstranten versammelt.

Ihr Schreien und Johlen gellt weiter zur Kirchturmspitze herauf.

„Madame, ich beschwöre Sie, die werden Sie umbringen!" redet der Herr auf Lola ein.

„Pah!" macht Lola und schreitet wütend-entschlossen weiter. Der Herr bleibt stehen, blickt furchtsam auf das Dutzend drohender Mienen hinter sich, drückt den Zylinder fester auf den Kopf und macht kehrt.

Lolas Augen blitzen zornig, als sie auf den hinteren Rand der zusammengeballten Menschenmasse zugeht.

„Da ist die Gräfin!" schreit einer im Handwerkerrock entgeistert zu seinem Nachbarn und deutet hinter sich. Der Nachbar dreht sich um: „Des is sie wirklich." Andere aus der Menge drehen sich um: „Die Gräfin?!" Ein Schrei gellt durch die Menge: „Die Gräfin!!" Der größte Teil der Menge wendet sich um. Das Schreien und Johlen hat nur noch einen einzigen Laut: „Die Gräfin!!!"

Lolas energische Schritte werden langsamer, stockend, schließlich bleibt sie stehen und blickt mit Wut und Skepsis auf die Menge vor ihr. Sie spitzt den Mund nach vorn.

Zwischen ihr und der zusammengeballten Menge ist der Platz leer. Alles verharrt reglos. Nur noch vereinzelte Schreie gellen aus der Menschenmenge.

Ein Herr mit Zylinder blickt erst zu Lola, dann zur Menge um ihn herum. Ein Student mit schwarzem Käppi erhebt drohend die Faust. Ein Handwerksbursche gafft mit großen Augen. Franz, mit nach oben gedrehten Augen, kratzt sich am Kinn. Ein halbwüchsiger Junge grinst verständnislos. Eine asketische Gestalt, Dolfl, reibt sich seinen Oberlippenbart. Eine Magd mit Riegelhäubchen stiert mit offenem Mund in Richtung Lola.

Lolas blaue Augen mustern die Menschenmenge von links nach rechts und von rechts nach links.

„He, du Hex, du!!" kommt es aus der Menschenmenge.

„Canaille!!" giftet Lola zurück.

„Schautses an, die Hur!!" geifert Franz.

„Ta gueule!!" zischt Lola.

„Schlagtses tot, die Hex!!" schreit Dolfl und hebt beide Hände drohend in die Höhe. „Schlagtses tot, die Hex!!!" wiederholen andere aus der Menge.

„Je n´ai pas du peur, canaille!!" schreit Lola heiser und setzt das rechte Bein nach hinten.

„Schlagtses tot!!" schreit es wieder aus der Menge. Schneebälle werden auf Lola geworfen. „Schlagtses tot!!!" Braune Pferdeäpfel zerplatzen links und rechts neben Lola auf dem Pflaster. „Schlagtses tot!!!" Ein Pferdeapfel trifft sie an der linken Schulter.

Lola weicht noch einen Schritt zurück. Die ersten lösen sich aus der großen Menge und gehen langsam und entschlossen auf Lola zu.

Auf Lolas Stirn stehen dicke Falten. Sie reißt ihren Kopf von links nach rechts und von rechts nach links. „En enfer avec vous!" schreit sie mit halblaut gewordener Stimme, wendet sich um und fasst mit der Rechten an ihren Rocksaum.

„Zum Deifi mit ihr!! Zum Deifi mit ihr!!!" kommt es

aus den Kehlen von Hunderten von Studenten, Handwerksburschen und gewöhnlichen Bürger, als sie mit drohend in die Höhe gereckten Fäusten die Verfolgung aufnehmen.

Lola hat ihre Augen in Panik weit aufgerissen, als sie an angewurzelt stehen bleibenden Gaffern vorbei, mit der einen Hand den Rocksaum, mit der anderen den Hut haltend, im Laufschritt auf ein Tor zurennt, das im Haus neben der Kirche offen steht.

„Zum Deifi mit ihr!! Schlagtses tot!!!" schreien ihre Verfolger im Laufschritt.

Lola ist kurz vor dem Tor angelangt, schaut furchtsam hinter sich. Da krachen dessen Flügeltüren mit lautem Krach zu. Sie bleibt kurz stehen und hetzt mit wehendem Kleid zum nächsten Tor in der linken Haushälfte. Der Hut fällt ihr vom Kopf. Die Stiefel klacken auf dem Kopfsteinpflaster. Die Verfolger rennen ihr mit unartikulierten Schreien nach.

Ein beleibter Mann, der mit anderen dem Schauspiel bisher nur zugegafft hat, stellt seinen Fuß in Laufrichtung Lolas, als sie an ihm vorbeirennen will. Lola stürzt in weitem Bogen über seinen Fuß auf das Pflaster, rafft sich in Sekundenschnelle wieder auf und rennt weiter auf das Tor zu. Kurz bevor sie es erreicht, fällt auch dieses Tor krachend ins Schloss.

Lola steht vor dem verschlossenen Holztor und hämmert mit beiden Fäusten darauf ein.

„Aufmachen!!! Aufmachen!!!"

Sie wendet sich keuchend um und sieht entsetzt der sie verfolgenden Meute in die hasserfüllten Augen. Ihre rechte Wange ist blutig aufgeschlagen, die Hände verdreckt. Das aufgelöste Haar klebt nass an ihrem Gesicht. Die Meute hat sie vor dem verschlossenen Tor eingekreist.

Mit einem Mal macht Lola einen Schritt nach vorn.

Alle weichen zurück - bis auf einen, Dolfl. Der springt ihr an die Kehle, schreit „Du dreckige Hur!!!" und drückt sie gegen das Holztor. Lola schnappt unter seinem Griff nach Luft und dreht die Augen zum Himmel.

Plötzlich schreit Dolfl „Aua!!!! Auaaaa!!", krümmt sich vor Lola zusammen und umfasst mit beiden Händen seinen Hosenschritt.

„Bringtses um, de Hex!! Auaaa!!!"

Die Meute brüllt auf und will Lola endgültig packen, als diese eine kleine Pistole aus einer Tasche ihres Kleides reißt und sie in Richtung der Menge hin und her schwenkt.

„Den ersten, der mir zunahe kommt, erschieße ich!"

Die zurückweichende Menge mit der Pistole in Schach haltend, rückt sie, mit dem Rücken die Hauswand scheuernd, immer weiter nach links. Die lauernde Meute weicht vor ihr zurück.

Ein Student schreit „Gibts denn niemand, der die Hur..." und bricht mitten im Satz ab, als Lola ihre Pistole auf ihn richtet.

Schritt für Schritt mit der Pistole drohend, rückt Lola

weiter nach links, kommt vom Wohnhaus zum Sockel der ockerfarbenen Kirche und endlich bis kurz vor das eine offene Hauptportal. Die Meute folgt ihr lauernd. Mit groß aufgerissenen Augen, sich mit der freien Hand durch das wirr vom Kopf stehende Haar fahrend, bleibt Lola noch kurz stehen und schwenkt ihre Pistole nochmals von links nach rechts und von rechts nach links.

Dann macht sie blitzschnell einen Sprung nach hinten und verschwindet durch das offene Portal im dunklen Inneren der Kirche.

Die Menge verfällt in unartikuliertes Gebrüll. Die ersten rennen ihr nach.

Da schlägt das schwere Kirchentor laut zu.

Die Menge schlägt gegen das geschlossene Tor. Alles brüllt, johlt und tost, bis das Tor langsam wieder geöffnet wird. Zwei Geistliche in schwarzem Ornat lugen aus dem Türspalt hervor und rufen der zurückweichenden Menge aus der dunklen Portalöffnung zu: „Das ist das Haus Gottes!!"

Die Verfolger weichen zurück. Das Schreien nimmt ab. Ein Raunen geht durch alle, als sich das Tor noch weiter öffnet und die paar, die Lola in die Kirche hinein verfolgt haben, mit gesenktem Kopf wicdcr aus der Kirche herausmarschieren.

„Das ist das Haus Gottes!!" ruft der im offenen Tor stehende Priester laut in das Innere der Kirche. „Es ist das Reich Gottes, nicht der Sünde!!"

Aus der Kirche dringt kein Laut. Wieder macht sich

Raunen und Murmeln unter den wütenden und unschlüssigen Belagerern breit.

Mit einem Mal ist Hufegeklapper zu hören.

Ein Trupp berittener Polizisten gallopiert mit blankem Säbel über den Platz direkt auf die Menschenmenge zu, die nach links und rechts auseinanderstiebt. „Aus dem Weg! Aus dem Weg!" wird kommandiert, und in Sekundenschnelle ist der Platz vor dem Kirchentor von blau uniformierten Reitern umstellt. Ein Reiter lässt seinen Schimmel mit den Vorderläufen drohend in die Luft steigen. Pferdegewieher übertönt das Geschrei. Ein paar Polizisten sind im Laufschritt hinzugekommen und nehmen mit aufgepflanztem Bajonett vor dem Kirchentor Stellung.

Zwischen den beiden Geistlichen tritt Lola aus dem Portal ans Tageslicht. Das blutige Gesicht vor Angst verzerrt, das Kleid zerrissen und verschmutzt, sieht sie um sich.

Ein Pferdeapfel trifft sie mitten auf der Stirn.

Sie zeigt keine Reaktion und lässt sich apathisch von zwei Polizisten forteskortieren. Ein Ring Berittener sammelt sich um sie.

Oben vom Flachdach der Halle, wo immer noch die Kolkraben sitzen, ist zu sehen, wie Lola vor der Halle von den Polizisten weggebracht wird. Aus dem Murmeln und Raunen der grauen, vieltausendköpfigen Masse ist deutlich der Ruf „Wir kriegn dich scho noch!! Wir kriegn dich scho noch!!" auszumachen.

Der erste Rabe flattert vom Flachdach auf. Zwei, drei folgen ihm kreischend. Schlagartig erfasst auch die anderen ein Ruck. Alle schwingen sich in die Luft. Die Vögel von den anliegenden Gebäuden folgen ihnen.

Hoch am Himmel zieht sich die Rabenwolke über der winterlich eingeschneiten Stadt auseinander und wieder zusammen.

4

Eine Hand schiebt eine Fenstergardine beiseite und gibt den Blick auf Hunderte von Zylindern frei, die, von oben zu sehen, in mehreren langen Reihen aneinandergereiht sind. Hoch zu Pferd sind am rechten Rand des Platzes Infanterie-Soldaten mit langen Lanzen auszumachen, die dem Schauspiel tatenlos zusehen.

Ein stramm stehender Herr im Winterpelz schaut gespannt nach oben, ebenso ein noch jugendlicher Stutzer.

Der Blick geht wieder hinunter vom Fenster auf die militärisch-ordentlich aufmarschierten Bürger.

Ein stämmiger Herr mit fülligen Backenkoteletten wendet sich halb nach rechts zu seinem Nachbarn und flüstert: „Er muss die Deputation empfangen!" Der Nachbar, ein mittelalterlicher Herr mit Schnurrbart, flüstert zurück: „Er muss diese Person ausweisen! Wir hätten sie auf dem Odeonsplatz umbringen sollen. Und wissen Sie was? Jetzt will der König auch noch die Universität schließen. Es ist Rache, nichts als Rache!"

„Die Universität schließen! Wirklich! Wann hat es so etwas schon gegeben?"

Der mit dem Schnurrbart: „Gestatten, darf ich mich Ihnen vorstellen: Tombani. Café-Besitzer. Werde bankrott, wenn die Studenten weg sind." Der mit den Backenkoteletten: „Schieder, gestatten Schieder. Devotionalienhändler. - Es ist das Werk der Gräfin." Der mit dem Schnurrbart: „Zum Teufel mit ihr! Da kommt sie auch her!"

Von außen ist durch das im Tageslicht hell glänzende Fenster undeutlich der König zu erkennen, wie er die Gardine beiseitehält. Hinter ihm steht, silhouettenhaft, Lola.

Im Inneren des Zimmers sieht man, wie er die Gardine wieder zurückfallen lässt und sich zu Lola umwendet: „Wollen mich zwingen, königlichen Befehl wieder zurückzunehmen. Sie wollen dich ausweisen lassen! Sie wollten dich am Odeonsplatz umbringen! Wollen mir dich nehmen! Wie können sie es wagen? Auch mit Zylinder auf dem Kopf sind sie nur ein - ein - ein großer Haufe!!"

Lola, mit lockigem fülligen Haar und halb verkrusteter Platzwunde an Stirn und rechter Backe: „Gut gesagt, Luis. Aber Luis, lieber Luis, hättest du nur auf mich gehört, dann wäre es überhaupt nicht soweit gekommen!"

Ludwig schaut Lola unwillig aus den Augenwinkeln an: „Denke, habe genug für dich getan! Dein Geld! Dein Schloss!"

„Lieber Luis, hättest du eine Geheimpolizei aufgestellt, wäre die Sache nicht passiert! Du hättest auf mich hören sollen. Du hättest Geld verteilen sollen. Schau hinunter! Jetzt haben die Demokraten auch noch die Macht auf der Straße!"

Durch die Fenstergardinen sind die weiterhin still und im geometrischen Muster ausgerichteten Bürger auf dem Vorplatz zum Schloss zu sehen.

Der König umfasst mit beiden Händen Lolas Rechte: „Lola, ich bitte dich. Fahre für einen Tag fort. Die Situation kann noch schlimmer werden. Der Polizei-direktor fürchtet das Schlimmste. Nur für einen Tag! Und ohne jemandem etwas zu sagen!"

Lola entzieht sich ihm und setzt ein skeptisches, nachdenkliches Gesicht auf: „Luis, ist das wirklich wahr, was du von mir verlangst? Haben die Intriganten jetzt also doch ihr Ziel erreicht, diese Tannkirchens, Rothschilds, Seebachers oder wie sie nur alle heißen?!"

„Lola, verstehe doch, nur für einen Tag!"

Sie ballt die Hände zu Fäusten: „Luis, siehst du denn nicht, dass du von Verrätern umgeben bist! Sie spionieren jeden deiner Schritte aus. Ich weiß, sie beobachten dich, auch wenn du nur aus dem Haus gehst. In deinem ganzen Land gibt es eine große Verschwörung. Die Jesuiten sind..."

„Lola, du weißt, dass ich dir immer treu bin!" unterbricht sie der König und versucht, ihre rechte Hand zu umfassen, die sie ihm unwirsch entzieht. „Bitte, bitte, folge meinem Rat!"

„Hättest du nur eine Geheimpolizei gegründet und etwas mehr Geld ausgegeben. Geld schafft bei den meisten Leuten alles. Aber du - du wolltest ja sparen."

Der König kratzt sich im schütteren Haar: „Lola, vielleicht bin ich nicht so schlau wie du oder dein Baron, aber ich bin nicht dumm. Du hast das Volk zu deinem Feind gemacht. Beschwöre dich: Geh für einen Tag weg von München!"

Lola blickt zum König, hält kurz und unschlüssig inne und faucht dann: „Dieses Volk verdient nicht die Größe deiner Seele. Luis, höre auf niemanden, vertraue niemandem! Luis, ich habe mehr Klugheit als du denkst. Ich mache deine eigenen Ideen - zur Tat."

Der König starrt vor sich hin. Tränen treten ihm in die Augen.

Lola zieht seinen Kopf an sich, gibt ihm einen Kuss auf die Stirn und flüstert ihm Aug in Aug zu: „Lieber Luis, du sollst Vertrauen in mich haben, mein lieber, lieber Luis! Bilde dir selbst ein Urteil. Der liebe Gott und dein Schutzengel werden deine Gedanken leiten. Vergiss nicht, wie viel ich für dich gelitten habe. Ich habe dir immer die Wahrheit gesagt, auch gegen mein eigenes Interesse - so sehr, dass du sicher sein musst - dass ich dich, nur dich unendlich liebe!"

Lola schlingt ihre Arme um Ludwig.

Von der Tür her ist ein Klopfen vernehmbar.

Der König will sich aus der Umarmung lösen und etwas zur Tür hin sagen, als ihn Lola nochmals an sich drückt: „Vergiss nicht, dass jeder Mensch machtgierig ist und dass dies das größte Laster der Menschheit ist. Du sollst niemandem trauen, weder Mann noch Frau. Niemand ist ganz ehrlich. Vertrau mir!"

Der König windet sich aus ihrer Umklammerung und ruft zur Tür: „Bleibe er draußen! Welche Nachrichten haben er?"

Durch die Tür dringt es im dröhnenden Bass: „Gestatten Majestät zu berichten, dass eine Deputation Münchner Bürger mit dem Bürgermeister bei Allerehrwürdigster Majestät zur Audienz vorgelassen zu werden bittet!"

„Was haben er gesagt?!"

„Darf ich Majestät berichten, dass eine Deputation bei Allerehrwürdigster Majestät zur Audienz vorgelassen zu werden bittet!!"

„Audienz? Deputation?" wiederholt der König, während Lola die Geheimtür in der Wand öffnet, sich im Schließen der Tür nochmals umdreht, die Innenseite ihrer ausgestreckten Hand vor den Mund hält und „Vertraue mir, Luis!" haucht.

„Hofmarschall! Trete er ein!!" ruft der König.

Der Kopf des goldbetreßten Hofmarschalls mit Allongeperücke lugt vorsichtig hinter der sich knarrend öffnenden Tür hervor. Er stellt sich im Türrahmen in Positur und ruft mit einem tiefen Bückling dem zum Fenster abgewandten König zu: „Gestatten Majestät zu berichten, dass eine Deputation Münchner Bürger mit dem Bürgermeister bei Allerehrwürdigster Majestät zur Audienz vorgelassen zu werden bittet!"

Der König schiebt die Fenster-Gardine leicht zur Seite.

Von oben sind immer noch die Reihe für Reihe geordneten Zylinder der Bürger unten auf dem Platz zu sehen.

Er lässt die Gardinen wieder zurückfallen, bleibt stehen und teilt dem Hofmarschall mit, ihm weiter den Rücken zuwendend: „Kommt eine Deputation bittlich zu dem König mit zweitausend Mann im Rücken? Ich lasse mir nichts abtrotzen! Die Münchner gebärden sich, als hänge ihr Leben daran, weil ich die Universität für einige Monate schließe und ihnen Einnahmen entgehen. Ich kann aber meine Residenz auch verlegen, nichts hindert mich daran. Und - die Gräfin bleibt in München!! Richte er das der Deputation aus! Und richte er ihnen auch noch aus: Keine Zeit. Bin beim Essen!"

Der Hofmarschall macht einen tiefen Bückling: „Sehr wohl, Allerehrwürdigste Majestät! Sind beim Essen. Lassen sich nichts abtrotzen. Münchner Bürger sind undankbar. Sehr wohl. Können Residenz verlegen - und - und die Gräfin bleibt in München."

Der Hofmarschall trippelt zurück und schließt die Türe hinter sich.

Tausende von runden, zylindrischen oder zeppelinförmigen Papierlampions in knalligen roten, violetten, rosa, grünen und blauen Farben waren an spinnennetzartigen Seilen über dem großen Hauptplatz des Tempels ausgehängt. Die Gebete der Mönche aus dem großen Haupttempel oben über dem Platz durchtönten leierartig die Abendstimmung. Immer mehr kamen in den Abendstunden zu den bereits anwesenden, nach vielen Hunderten zählenden Besuchern hinzu.

Es war der Jahrestag von Buddhas Geburtstag. Und, wie er erst am nächsten Tag erfuhr, war es zufälligerweise auch genau der Tag, als sich am anderen Ende der Welt die Rebellen der Südwest-Staaten und die Truppen der Regierungsgewalt mit der Unterstützung von Panzern, Bombern und Jagdflugzeugen eine regional begrenzte Schlacht in den Prairien nahe Houston geliefert hatten. Städte und Zivilpersonen waren kaum in Mitleidenschaft gezogen worden, da keine Atombomben eingesetzt worden waren. Genau das war im weiteren zu befürchten.

Auch in Korea war der Zweite Amerikanische Bürgerkrieg in aller Munde. Er selbst konnte an kaum etwas anderes denken.

Aber jetzt war es doch anders. Erst machte er ein paar Schnappschüsse von Liza, wie sie in einem weißen Plastikregenmantel am Eingangstor zum Tempel stand und den kurzen Platzregen abwartete. Als der Abendhimmel aufklarte und zum Horizont hin rot wurde, ließen sie sich zusammen mit der heiter-gelösten Menge hinauf zum Haupttempel treiben.

Keine Silbe war bislang von ihren Lippen gekommen. Plötzlich herrschte sie ihn mit einem Mal wütend an: „Wie kannst du nur so einen Quatsch glauben!"

„Überhaupt nichts glaube ich. Ich habe nur gesagt, dass ich mich sehr gewundert habe, dass du diesen Bernd Gutmann getroffen hast."

Sie kamen vor den Haupttempel und zogen am Eingang die Schuhe aus.

„So was von eifersüchtig habe ich mein Leben lang noch nicht erlebt! Wie oft soll ich dir noch sagen, dass ich ihn zufällig getroffen habe. Er ist mir über den Weg gelaufen!" herrschte ihn Liza an, als sie die große Tempelhalle betraten. „Kapier endlich, dass das hier kein Lola-Montez-Film ist!"

„Überhaupt nichts glaube ich!" zischte er zurück, den Blick auf einen dieser kahlköpfigen Gips-Weisen mit schmalem Oberlippenbart gerichtet, der neben dem Buddha stand.

„So! Man kann mir also nicht glauben!!" blaffte sie ihn an.

Die ersten Passanten starrten erstaunt und neugierig auf das seltsame Paar. Ein kleiner, besonders Breit-backiger stellte sich direkt zu ihnen und schaute dem für ihn fremdartig anzuhörenden Gestreite mit blödem

Grinsen zu.

„Es fällt schwer, dir zu glauben. Kaum bin ich weg, bist du schon wieder mit einem anderem zusammen - mit diesem Widerling! Schon wieder Zufall?!" erregte er sich, die Stimme künstlich gedämpft, den Blick von ihr zu den an die Wand gemalten kleinen, gehörnten Teufel abgewandt.

„Das geht dich überhaupt nichts an! Du eifersüchtiger Idiot!"

Unwillig und verschämt wurde er sich der immer zahlreicher werdenden Gaffer bewusst und stieß in unterdrücktem Tonfall hervor: „Überall nur Intrigen um dich! Nichts hast du gewollt! Immer nur die von anderen Getriebene!"

Sie war ganz nah an ihn herangetreten und hatte ihm aus kürzesten Abstand direkt ins Gesicht mehr gespuckt als geschrieen: „Du alter, eingebildeter, eifersüchtiger - snot nose!!!"

Der kleine Breitbackige mit dem idiotischen Grinsen kam noch näher, um sich das Schauspiel aus kürzester Distanz anzusehen. Plötzlich wirbelte sie herum. „Asshole!!" schrie sie und verpasste dem Kleinen eine schallende Ohrfcige, so dass er rücklings zu Boden fiel.

Dann war die Hölle los.

Mit unverständlichem Geschrei schlossen die anderen einen Kreis um sie. Eine mittelalterliche, schwarzgelockte Frau kreischte sie an. Ein Hochaufgeschossener mit Goldrandbrille und weißem Hemd rief erregt: „Watch our costums! Watch our customs!!" Kleine Kinder drängten sich durch die Beine der Umstehenden und schreien immer wieder mit breitem Lachen: „Miguk-Saram! Miguk-Saram!". Und der kleine Breitbackige raffte sich wieder vom Boden auf, um genauso verständnislos wie zuvor zu den erregt um ihn herum Schreienden, Keifenden und Tobenden hinaufzugaffen.

„Minanhäo, minanhäo!" versuchte er die Menge zu beruhigen und verbeugte sich dabei immer wieder vor ihnen. „Minanhäo, minanhäo!"

Da tauchte ein den Kopf glattrasierter Mönch mit dunkelbrauner Kutte und begütigender Stimme mitten unter ihnen auf!

Das Geschrei im Tempel hörte auf. Die bisher lauthals Keifenden verbeugten sich vor dem Mönch. Dann gingen alle leicht verschämt wieder ihrer Wege. Nur die Mittelalterliche sog noch einmal kräftig die Luft durch die Nase ein, besann sich aber noch und spuckte Liza nicht vor die auf geheiligtem Tempelboden stehenden Füße.

Der Mönch stand noch kurze Zeit lächelnd vor ihnen, faltete die Hände vor seinem Gesicht und verneigte sich kurz. Er selbst murmelte ein letztes „Minanhäo!". Beide gingen, er vor ihr, mit eiligen Schritten, vom Zwischenfall verstört, vom Streit immer noch erregt, zum Park an der Steilküste hinüber.

6

Klirrend zerbirst eine Fensterscheibe. Ein faustgroßer Stein kullert auf dem Perserteppich direkt vor die Füße der Dogge Turk, die hochspringt und heiser zum zerbrochenen Fenster hin bellt. Beissner, der zusammen mit Steinberg, Augusta und zwei anderen vornehm gekleideten Herren um Lola herum sitzt, springt von seinem Fauteuil auf, schaut erschrocken auf die Glasscherben vor dem Fenster und auf den Stein. Er hebt ihn vom Boden auf. Von der Straße her ist Pfeifen, Johlen und immer wieder „Pereat Lola!!!", „Pereat Lola!!!" zu hören.

Lola springt hoch und läuft zum zerbrochenen Fenster, um nach unten zu spähen: „Canaille!!!"

Durch die zerbrochene Fensterscheibe ist unten auf der Straße eine kunterbunt durcheinandergemischte Menschenmenge aus bürgerlichen Herren mit Zylinder, Studenten mit Käppis, Bräuknechten mit Lederkappen, Bürgerfrauen mit schwarzen Hauben und jugendlichen Handwerksgesellen mit Filzkappen auszumachen. Viele haben schreiend, pfeifend und tobend die Fäuste in die Höhe gereckt, schwingen Gehstöcke, Schirme und Besen.

Direkt vor dem Haus sind Gendarmen und Infanteriekürassiere zu Pferd aufgerückt. Immer wieder fliegen Schneebälle über sie hinweg nach oben und klatschen gegen die Wand. Ab und zu ein Stein, der klackend an der Hausmauer abprallt.

„Pereat Lola!! Pereat Lola!!!" grölt es aus allen Kehlen.

Innen im Salon macht sich ein Diener an den eisernen Fensterläden vor dem zersprungenen Fenster zu schaffen und zieht sie mit einer langen Stange vor die Fensteröffnung. Ein anderer zündet im allmählich dunkler werdenden Raum die Kerzen auf dem Kristall-lüster an.

Lola setzt sich wieder auf die Chaiselongue und wendet sich ihrer kleinen Gesellschaft zu. „Die Jesuiten!!!" kreischt sie. „Sie wollen es nicht leiden, dass unser König mich zu einem Mitglied des bayrischen Volksstamms gemacht hat. Sie haben das Volk besto-chen! Und sie wollen es nicht leiden, dass mich unser König zur Gräfin gemacht hat!" Plötzlich lässt sie die Hände kraftlos nach unten fallen und fährt unter gequäl-tem Lachen fort: „Ich frage Sie: Womit habe ich das verdient?"

Sie gibt dem im Hintergrund wartenden Diener einen Wink, der kurz den Raum verlässt. „Messieurs!" kreischt sie, „Halten wir zusammen gegen die Canaille! Unser König wird uns nicht im Stich lassen. Er hat ein großes weises Herz. Und ich habe ihm die Augen geöffnet, Messieurs!!" Der Diener mit einem silbernen Tablett, auf dem Sektkübel, Sekt und Gläser stehen, ist zurück-gekommen. Lola greift zu einem Sektglas. Die anderen machen es ihr nach.

„Messieurs!"

„Cher Comtesse!!" kommt es im Chor zurück.

„Auf den König!!"

„Wie können sie es nur wagen", echauffiert sich der eine Herr, „von unserem König zu verlangen, eine Gräfin auszuweisen!"

„Was können Madame dafür, dass…" fügt Beissner an, hält aber erschrocken mit ängstlichem Blick zum Fenster inne, als wieder ein Stein gegen den Eisenfensterladen knallt, und fährt fort: „…dass Madame unter der besonderen Protektion unseres Königs steht?"

„Vom Standpunkt der Konstitution, glauben Sie mir, ich verstehe, etwas davon, ist es das gute Recht des Königs" meint der andere Herr.

„Madame sind so tapfer! Was haben sie Ihnen nicht alles angetan?!" tröstet Augusta.

Turk setzt sich auf seine Hinterpfoten und kläfft heiser.

„Meine Herren, Sie haben ja so recht. Aber die Welt ist voll von Spionen und schlechten Menschen!" sagt Lola resigniert.

„Jawohl", pflichtet der andere Herr bei, hält kurz und erschrocken im Satz inne, als wieder ein Stein gegen das Eisengitter kracht, um dann um so markiger anzufügen: „Wir müssen sie enttarnen. Die ganze Universität ist voll von Verrätern. Der Universitätspräsident ist einer von ihnen. Wenn Sie wollen, cher Comtesse, kann ich unserem König gerne Namen nennen!"

„Oh ja, mein lieber Professor. Nichts ist in dieser Situation besser als die Wahrheit" antwortet Lola und krault Turk über die Stirn.

„Auch unter den bestangesehenen Architekten gibt es Verräter an unserer Majestät. Glauben Sie mir! Wir müssen ihnen das Handwerk legen!" erregt sich ein anderer Herr.

„Jawohl, Messieurs! Courage!" prostet Lola ihrer Gesellschaft zu. „Lassen Sie uns sehen, ob sie es wagen, sich an einem unschuldigen Weib zu vergreifen!"

Sie lässt sich das geleerte Sektglas nochmals füllen, geht zum Wandspiegel und prüft dort ihr Aussehen – um sich dann der verschlossenen Balkontür zuzuwenden. Abrupt weist sie den Diener an: „Öffne er!"

„Nicht doch!! Nein! Madame, bleiben Sie zurück!" schreit es ihr vom kerzenbeleuchteten Salon nach, in den durch die sich langsam öffnende Balkontür bläuliches Licht bricht.

7

Während im Westen die Sonne die Wolken am Horizont zu rosaroten Flaumfedern verwandelte, beschwörte er sie noch einmal: „Liza, ich verstehe dich nicht!"

„Was gibt es da zu verstehen. Ich bin wütend! Ich habe auch allen Grund dazu - bei deiner fucking jealousy!"

„Letzte Woche war ich noch das Traumland der Liebe, und heute schreist du mir alle möglichen Beleidigungen an den Kopf!"

„Ich bin eben nicht wie eine von deinen kleinen Asiatinnen: submissive, untertänig, devot. Du warst viel zu lange hier. Du romantischer Idiot!"

„Zumindest kann man hier noch Vertrauen haben. Zumindest kann der Mann seiner Frau vertrauen!"

„In welcher Welt lebst du denn? Geh doch zur Heilsarmee! Oder noch besser: Bleib doch ganz hier, in deinem stupid Asia. Da passt du auch hin."

Ungläubig schaute er sie für einen Moment an. Dann verlor auch er die

Beherrschung: „Nichts als eine - eine Hysterikerin, eine Skandalnudel bist du! Das mit dieser hirnrissigen PR-Kampagne hast du dir bloß ausphantasiert!"

„Na und!" antwortete sie schnippisch.

„Du passt ganz genau in dein Shit-Movie!"

Sie setzte ein maliziöses Lächeln auf und sagte ruhig: „Aber da könntest du auch noch ganz gut hinpassen." Und dann schrie sie ihn mit weit aufgerissenen Augen an: „Setz dich doch gleich in die Zeitmaschine und beam dich ins fucking König-Ludwig-Reich, you fucking idiot!!"

Von der Sonne war nur noch ein kleiner gelber Streifen über dem Meer zu sehen. Während der Himmel im Westen blutrot wurde, kam über dem Tempel, im Osten, schon die schwarze Nacht,. Der Wind wehte immer wieder ein paar Fetzen vom leierartigen Gebet der Mönche herüber.

„Bleib doch hier, da passt du hin!" schrie sie wieder und deutete auf eine Mädchengruppe bei der Pagode, die sich schwarz vor dem roten Himmel abzeichnete. „Da, wie wärs mit einer von den Kleinen da drüben! Schnuggelig, pflegeleicht, soft. Das wär doch was für dich!"

„Was für ein Ekel du bist!"

„Gibt genug Männer, die extra hierher kommen, um sich eine davon zu holen!"

„Dich habe ich einmal geliebt?!"

„Ja! Ich auch. Aber jetzt hasse ich dich. Ich hasse dich!! Ich hasse deine Vernünftigkeit, und ich hasse deine buddhistische Gefühlsduseligkeit! Und ich hasse deine paranoide Eifersucht!! Du hast das, was an Liebe für dich da war, gekillt!! Aber in Wirklichkeit bist du ja schon längst selbst tot!! Ich will nur noch weg! Ich habe genug von dir! Und im übrigen, damit du es weißt…" schrie sie in die Abenddämmerung hinein und hielt plötzlich im Satz inne. Ihr wutverzerrtes Gesicht hellte zu einem spöttischen Grinsen auf, sie musterte ihn von Kopf bis Fuß und setzte mit ruhiger fester Stimme hinzu: „Ich werde glücklich sein. Ich werde so glücklich sein, dass mir der Kopf zerspringt. Du wirst nicht glücklich sein, weil du nicht weißt, was das ist. Du wirst auch niemanden glücklich machen können, weil du es selber nicht kannst! Geh weg von mir und lebe unglücklich!"

Er war unfähig, ein Wort zu sagen, ballte die Fäuste zusammen und starrte ihr schwer atmend mit Abscheu und Wut in die Augen. Sie stand, gegen das Geländer gelehnt, zwei Schritte entfernt, und lachte ihm ins Gesicht. Dann ging er auf sie zu und packte sie am Hals.

Er war ganz nah vor ihr und presste ihren Hals fester und fester zu. Er drückte ihren Oberkörper über das Geländer, immer weiter.

Tief unten klatschten die Wellen gegen den Felsen.

Sie konnte kaum noch das Gleichgewicht halten, die Augen weit aufgerissen. Unter seinem Würgegriff schnappte sie nach Luft.

Aus dem Dunkel war Gekicher zu hören und die Silhouetten von zwei uniformierten Schulmädchen zu erkennen.

Er ließ los.

8

Über den Köpfen der vor dem Haus tumultierenden Menge werden in der Mitte des ersten Stocks die schwarzen Läden einer Balkontüre aufgemacht. Das Schreien wird leiser. Finger deuten nach oben.

Über den Kappen, Hauben und Zylindern der stockschwingenden und schreienden Masse öffnet sich die Tür zum Balkon. Eine schwarzgekleidete Frauengestalt tritt ins Freie. Das Geschrei wird leiser und leiser und erstirbt schließlich vollkommen. Alle schauen gebannt nach oben.

Lola blickt langsam über die Menge hinweg, lacht hell, hebt die Hand mit dem Sektglas und prostet nach unten:

„A votre santé!"

Mit einem Schlag setzt Geschrei aus vielen tausend Kehlen ein: „Pereat!! Pereat!!!" Steine werden nach Lola geworfen und klatschen an der Hauswand ab. Die Infanteriekürassiere vor dem Haus rücken gegen die Menge vor und versuchen sie zurückzudrängen.

Nachdem sie das Glas abgesetzt hat, steht Lola immer noch furchtlos, mit spöttischer Miene oben auf dem Balkon. Von hinten versucht jemand, sie wieder ins Innere der Wohnung zu zerren. Lola stößt sie mit der Rechten zurück, greift in die Seitentasche ihres Rockes und zückt eine kleine Pistole. Sie hält sie in die Luft und feuert sie mit einem lauten Knall ab.

Die Menge tost und brüllt.

„Weg mit dem welschen Gsindel!! Aufghengt ghert se de!" schreit Dolfl und schüttelt beschwörend beide Hände hoch nach oben. „Verbrenna sollt mer de Hex!!" wütet Hermann. „Bayern den Bayern, und Deitschland den Deitschen!!" geifert Dolfl. „Weg mit der welschen Hur! Weg mit der welschen Hur!!" Der schnauzbärtige Heinrich: „Deitschland den Deitschen!! Deitschland den Deitschen!!!"

„Wollt ihr mein Leben? Da nehmt es!!" ruft Lola wie von Sinnen vom Balkon zur aufgebrachten Menge.

Ein Stein klackt knapp neben Lolas rechter Schulter gegen die Hauswand.

„Schlecht getroffen!" höhnt sie und hält ihre Pistole mit der Rechten noch einmal in die Luft. „Hier müsst ihr treffen, wenn ich mich töten wollt!" faucht sie heiser und deutet mit der Linken auf ihr Herz.

Sie verzerrt kurz den Mund, als ein Pferdeapfel direkt auf ihrer linken Schulter zerplatzt. Wieder versucht jemand, halb von der Tür verdeckt, sie ins Innere des Hauses hineinzuziehen. Erst wehrt sie sich, setzt ein wütendes Gesicht auf, lässt sich aber dann doch unwillig zurückziehen. Die schwarzen Eisenläden der Balkontür krachen hinter ihr zu.

Die Menge auf der Straße brüllt, tobt und pfeift.

Die Gendarmen sehen ihnen mit apathischen Mienen zu.

Lola, wutverzerrt, als sie Beissner an der Hand ins Innere des Salons zieht: „Die Canaille!! Sie werden es bereuen!!!"

„Madame, verehrte Gräfin! Fassen Sie sich!" versucht Beissner sie zu beruhigen.

Immer mehr Steine prasseln gegen den Fensterladen. Das Klirren von Fensterscheiben ist zu hören.

Die Tür wird aufgerissen. „Madame!" schreit ein Diener mit Allongeperücke. „Sie sind im Hintergarten. Alle Fensterscheiben sind eingeschlagen! Madame! Wir sind verloren!!"

„Ist denn kein Verlass mehr auf unser Militär, auf unsere Polizei?!" ruft der eine Herr verzweifelt.

„Kein Militär, kein Gendarm schützt uns!" erwidert der Diener gottergeben, geht zum mit Sektgläsern gedeckten Tisch, gießt sich selbst ein Glas mit Sekt ein und stürzt das Getränk hinunter.

Ein zweiter rotgekleideter Diener mit wirr vom Kopf abstehenden Haar eilt mit großen Schritten in den Salon und packt Lola am Arm.

„Adam, was erlauben er sich!!" herrscht ihn Lola ungläubig an.

„Es geht um Leben und Tod. Im Vorgarten steht eine Kutsche zu Ihrer Befreiung. Kommen Sie, Kommen Sie!!"

Beissner und die beiden Herren packen nun auch an und zerren und stoßen die Widerstrebende und um sich Schlagende an Armen und Beinen zur Tür.

„Fliehen Sie, meine Gräfin! Um unserer Liebe willen!" fleht sie Beissner an. „Wir können uns wieder treffen!"

„Fliehen Sie! Sie werden Sie umbringen!" beschwört sie Augusta.

9

Nach dem Buddha-Geburtstag waren alle Brücken zwischen ihnen abgebrochen. Ihr blieb nur noch, ihre Sachen, die sie bei ihm deponiert hatte, abzuholen.

Als sie bei ihm auftauchte und dabei war, Kleinkram und Kleidung zusammenzusuchen, konnte er es nicht mehr ertragen, gemeinsam mit ihr in seinen eigenen vier Wänden zu sein. War es Angst oder Angst vor der Verlustangst?

Er wollte mit seiner Kamera hinunter vor das Haus gehen. Sie habe genau eine Stunde, sagte er ihr - eine Stunde. Wenn er zurückkommen würde, dann hoffe er, sie nicht mehr zu sehen - nie mehr in seinem ganzen Leben. Sie schaute ihn stumm und mit ernstem Blick an.

Er verließ die Wohnung und ging zur nahegelegenen Universität hinüber, streunte auf dem Campus herum und versuchte sich, immer noch vor Erregung zitternd, mit ein paar Schnappschüssen abzulenken. Nach einer halben Stunde machte er sich wieder zurück zu seiner Wohnung auf.

Da begegnete er diesem vielleicht vierzigjährigen, etwas verlumpten Mann, der am Straßenrand neben hoch aufgeschichteten Bierkästen im Schneidersitz saß.

Bedächtig füllte er aus einem Kanister Flüssigkeit in eine Flasche, steckte ein weißes Tuch auf die Flaschen-öffnung und stellte sie zu den Hunderten anderen, die schon in den Bierkästen steckten. Die nächste Flasche war an der Reihe. Es waren keine Erfrischungsgetränke, es war nicht einmal etwas zum trinken. Das Plärren der Megaphone, das Schlagen der Trommeln und das Heulen der Sirenen, das wieder einmal ausgerechnet von seiner Wohnung her an sein Ohr drang, dann die mit einem Mundschutz vermummten, vielleicht zwanzigjährigen Studenten, ein beschriftetes Stirnband um den Kopf und Eisenstangen in der Hand, belehrten ihn eines anderen.

Es waren Molotov-Cocktails.

Wieder Demonstration, so wie schon die Wochen zuvor - und das direkt auf der großen, vierspurigen Straße vor seinem Haus. Für ihn kamen sie zumeist wie Taifune in der Regenzeit. Diesmal war es schlimmer als je zuvor. Wie er aus dem Internet erfahren hatte, ging es jetzt um viel mehr. Die Studenten hatten zum offenen Sturm auf das Haus der Präsidentin aufgefordert. Die ersten Tagelöhner hatten sich ihnen schon angeschlossen. Die Demonstranten sahen erstmals im Lauf des Zweiten Amerikanischen Bürgerkriegs eine Chance, die bisher von den Amerikanern unterstützte Regierung zu stürzen. Die hatte zudem die Situation nicht richtig eingeschätzt und begnügte sich noch damit, Polizeikräfte statt regulärem Militär einzusetzen.

Von den Amerikanern war sowieso nichts mehr zu erwarten.

Es konnte nur noch wenige Minuten dauern, bis der Straßenkampf beginnen würde. Jede Demonstration eskalierte binnen kurzem zum Straßenkampf.

Die Straße war von der Riot-Police abgeriegelt worden. Sie zählten nach Tausenden und sahen aus wie die apokalyptischen Reiter: in Schwarz, Helm auf, Visier und Gasmaske vor dem Kopf, den Oberkörper durch eine Panzerweste geschützt. In der vorderen Frontlinie hatten sie mannshohe, viereckige Schilder und etwa ein Meter lange Schlagstöcke in ihren Fäusten. Weiter hinten waren die mit den Gewehren, vier Gasgranaten am Lauf, und auch die mit den Gasflaschen für den Nahkampf.

Diesmal war er hinter die Studenten-Seite geraten. Oft genug hatte er auch schon auf der anderen Seite, bei der Riot-Police gestanden, ganz hinten, wo sie sich, ermattet vom Kampf, zum Ausruhen auf dem Asphalt ausstreckten. Es waren junge, lachende, sympathische Gesichter, denen man zwangsweise ein schwarzes Ritterrüstungs-Visier übergestülpt hatte. Sie waren während ihrer Studienzeit statt zum Wehrdienst zur Riot Police eingezogen worden und mussten unter Umständen gegen ihre eigenen Kommilitonen losgehen.

Und da, wo sich normalerweise stinkend, hupend und dröhnend der Autoverkehr entlangwälzte, standen teenagerhafte Studenten militärisch stramm in Zweierreihen-Gruppen. Ein etwas Älterer peitschte ihre Wut mit Kampfaufrufen hoch. Sie schrieen zurück und rissen die Fäuste in die Luft. Dann rannten die Gruppen, eine nach der anderen, fahnen- und eisenrohrschwingend fünfzig Meter voraus und wieder zurück, um sich wieder mit den anderen Gruppen zu vereinigen.

Hinten bei der Riot-Police war es genau das Gleiche.

Der Kampf begann. Und es war wieder einmal dasselbe Ritual.

Erst schicken die Demonstranten ein paar hundert Mädchen nach vorn, die, demütig nach unten gebeugt, Schritt für Schritt, direkt vor die Polizisten trippeln und sich auf die Straße setzen, um als lebende Barriere die Polizei am Weiterkommen zu hindern. Dann werden über ihre Köpfe hinweg von den Demonstranten die ersten

Steine geworfen. Die Studentinnen verschwinden. Der Kampf der Megaphone beginnt. Demonstranten und Polizisten überschreien sich mit Slogans und Anweisungen. Die ersten Gasgranaten krachen in die Studentenreihen. Die versuchen, die Gasgranaten mit Eisenstöcken, wie mit einem Golfschläger, zurückzuschlagen. Der Steinregen auf die Polizisten nimmt zu und prasselt knallend gegen Schilder und Visiere. Aus allen Gasgranaten-Gewehren wird zurückgeschossen. Die Straße ist von einem weißen, Mund, Ohren und vor allem Augen verbrennenden Gas eingenebelt.

Es geht in den Nahkampf. Wie Samuraikämpfer laufen die Studenten gruppenweise nach vorne und dreschen mit ihren Eisenstangen auf die Polizisten ein, die mit Schlagstöcken zurückschlagen. Die Riot-Police setzt die Gasflaschen ein und sprüht das Gas zielgerichtet dem nächsten Gegner mitten ins Gesicht. Schließlich kommen aus der zweiten Reihe die Studenten mit den Molotov-Cocktails, die Lunte schon brennend. Sie werfen sie mitten unter die Polizisten, wo sie klirrend zerbersten, explodieren und in grellen Flammen und schwarzen Rauchsäulen aufgehen.

Auch diesmal war es so, als er zu seiner Wohnung, von der er erwartete, sie sei für immer von Liza verlassen, zurückkehren wollte.

Er wollte den Kampf bis zur obligatorischen Kampfpause abwarten, um einigermaßen sicher ins Haus zu kommen. Studenten und Polizisten gingen auch tatsächlich auf Distanz, pflegten ihre Verwundeten und versuchten, Kraft für die nächste Runde zu sammeln.

Er wollte nur noch nach Hause kommen.

Er drängte sich gegen den Strom der nach hinten zurückweichenden Demonstranten nach vorne durch, bis er endlich am jetzt menschenleeren Ort des bisherigen Hauptgeschehens angelangt war. Die Straße und der Gehsteig vor seinem Haus hatten sich gründlich verändert: schwere Rollläden vor den Schaufensterauslagen, menschenleere Trottoirs, alles mit Steinen und den Plastikhüllen der Gasgranaten übersäht, Reste brennenden Benzins.

Die Gegend war ihm glücklicherweise vertraut genug, um selbst mitten durch die abziehenden Tränengas-Schwaden hindurch noch zurückzufinden. Die Augen brannten, als wären sie mit Pfeffer eingerieben.

Auch im Aufgang zu seinem Appartement stand das Tränengas. Erst im Lift wurde es besser. Noch im Gang zu seinem Appartement stehend, wischte er sich mit Papiertaschentüchern die Augen aus. Es half ein wenig. Tränen in den Augen brauchte es lange, um herauszufinden, welcher Schlüssel im Schlüsselbund zu seiner Wohnungstür passte.

Er öffnete die Tür.

So konfus er sich wegen der letzten Ereignisse auch fühlte, so verfiel er doch in der offenen Tür in Erstaunen, vom Fernseher deutlich den Ton aus dem Vorspann von Lizas Film zu hören. Dann musste er, sich immer wieder die Tränen aus den Augen wischend, sehen, dass Bernd Gutmann in seinem eigenen Sessel saß und sich eine Zigarette anzündete.

Liza kam gerade aus dem Schlafzimmer und zupfte den linken Ärmel ihres Kleides auf ihrer Schulter zurecht.

10

„Weg mit der Hex!!! Weg mit der welschen Hur!!"

Die Menschenmenge johlt und pfeift ohrenbetäubend vor Lolas Palais. Handwerksburschen sind dabei, über die hohen Eisenzäune der Nachbargrundstücke zu klettern. Steine, Schneebälle, Pferdeäpfel und Holzscheite prasseln über die tatenlos verharrenden Gendarmen und Soldaten hinweg auf die Vorderfront des Palais.

Mit einem Mal werden die schweren Eisengitter des Gartentors links neben dem Palais aufgerissen. Zwei schwarze Hengste preschen laut wiehernd, mit angstvoll aufgerissenen Augen durch das offene Portal, die schwarze Kutsche mit dem wild auf die Pferde einpeitschenden Kutscher hinter sich her. Erschreckt stieben die unmittelbar vor dem Tor Versammelten auseinander. Angst- und Hilfeschreie werden unter ihnen laut. Die Holzschuhe der Mägde, die schwarzen Stiefel der Studenten und die Schnallenschuhe der Bürgerleute klacken über das Steinpflaster. Zylinderhüte und Spazierstöcke fallen auf die Straße. Die Hufe der Pferde krachen auf sie, die schweren Kutschräder zermalmen sie.

Ein einzelner Student wird vom einem Pferd zu Boden geschleudert. Blut rinnt von seiner Stirn, als er mit ungläubigem Gesichtsausdruck nach oben blickt.

„Es is de Hex, de verfitzmaledeite Hex!!" kreischt eine Magd.

Die wiehernden und die Zähne fletschenden Hengste mit wehenden Mähnen voran, die knarrende, von einer zur anderen Seite schleudernde Kutsche hinterdrein, rast das Gespann mitten durch die nach links und rechts auseinanderstiebende Menge, um schließlich unter lautem Peitschenknallen in einer Seitenstraße zu verschwinden.

Die Angstschreie und Wutschreie werden leiser. „Sie ist weg! Sie ist weg!" brüllt Franz in das Gemurmel hinein. „Sie ist weg!" wiederholen seine Kumpanen und deuten zur Seitenstraße. „Sie ist weg!!" Triumphgeschrei macht sich auf dem Platz breit.

„Sie ist weg!! Die Gräfin ist weg!!!"

An den immer noch apathisch verharrenden Soldaten und Gendarmen vorbei drängt ein Teil der Meute ins offene Gartentor. Immer wieder tönt es „Hurrah! Hurrah!"

Vom Palais her ist Zersplittern von Holz und Glas zu hören. Die eisernen Fensterläden werden aufgerissen. Ein Biedermeiersekretär kracht durch die zerberstenden Scheiben eines Fensters hindurch auf die Straße, wo er in tausend Stücke zerplatzt. In der Fensterhöhle erscheinen junge Burschen, die mit Champagnerflaschen den vor dem Palais Versammelten zuprosten. Auf dem Balkon steht ein Student und schwingt mit lautem Gebrüll eine Kalbskeule. Wieder kracht ein Möbelstück durch ein Fenster und zersplittert direkt vor den Füßen von ein paar ängstlich dreinschauenden Gendarmen. Papier regnet aus den zerstörten Fenstern auf das Kopfsteinpflaster. Aus der unteren Fensterreihe springen junge Männer mit Flaschen, Kästen, Porzellanfiguren und Wäschestücken unter den Armen auf das Trottoir und mischen sich, vorbei an Soldaten und Gendarmen, unter die übrige Menge, die sich auf der Straße vor dem Palais in zahlreiche Kleingruppen aufgeteilt hat.

Einige diskutieren und debattieren lauthals, andere schauen dem Spektakel ungläubig zu.

Am hinteren Rand der Menge kommt Bewegung auf. Erst wenige einzelne weichen nach links und rechts zurück, dann immer mehr. Zögerlich wird ein Spalier gebildet, um Platz zu machen - für den König.

In einem grauen Mantel, Zylinder auf dem Kopf, geht der König mitten durch die Menschenmenge. Einzelne Pfiffe gellen aus dem bewegungslos erstarrten Publikum. Andere neigen sich mit vom Kopf gezogenem Hut nach unten. Ein Offizier vorne beim Palais hat die Lage erkannt und verschafft sich mit seinem Pferd Platz, bis er den König erreicht. Gemessenen Schrittes folgt der König dem vom Pferd abgesessenen Offizier durch das Spalier der Menge zu Lolas Palais.

Er stellt sich vor dem Gartentor in Positur. Stille liegt

über dem Platz, als er verkündet: „Münchner Bürger!! Habe heute Anweisung gegeben, Universität wieder zu öffnen! Die Gräfin ist ausgewiesen! Nichts soll mehr zwischen mir und meinem Volke stehen!"

„Vivat!! Vivat!!!" donnert es ihm entgegen. Zylinder und Hüte werden in die Luft geworfen, während rechts und links vom Haus immer noch Plünderer ängstlich geduckt aus den unteren Fenstern des Palais springen. „Vivat!! Vivat!!"

Von einem Offizier mit gezogenem Säbel begleitet geht der König in den Innenhof von Lolas Palais. Die Blumenrabatten sind von den Stiefeln der Plünderer umgewühlt. Ein marmorner Delphin liegt zerbrochen in der Brunnenschale. Das Portal ist aus den Angeln gesprengt.

Der König betritt Lolas Gästesalon: die Tapeten von der Wand gefetzt, der Kristallüster aus der Decke und die Vorhänge von den Fenstern gerissen. Auf dem über und über mit Glasscherben und Holzsplittern bedeckten Boden geht Ludwig zum Sofa und streicht mit seinen Fingerkuppen über die aufgeschlitzte Rückenlehne.

Er betritt das Schlafzimmer. Fetzen des vom Himmelbett gerissenen Baldachins liegen auf dem mit Gänsedaunen eingeschneiten Boden. Ermattet gibt er dem Offizier einen Wink, worauf dieser den Raum verlässt und die halb aus den Angeln gerissene Tür notdürftig in den Türrahmen zieht, um sie zuzumachen. Er lässt sich auf einem unversehrt gebliebenen Teil der aufgerissenen

Bettmatratze nieder. Tränen rinnen ihm aus den Augen.

„Lola! Lola!" murmelt er leise vor sich hin. „Jetzt haben sie es geschafft. Aber - trennen können sie uns nicht."

11

„Ich wusste gar nicht, dass der Herr Fotograf eine so reizende Freundin hat? Und er hat sich schon wieder einmal von ihr getrennt?!"

„Rrrrraaauus!!!!" schrie er Gutmann an. „Rrrraaus!!!"

„Man wird doch noch mal Kollegen besuchen dürfen?!" sagte er unbeeindruckt in gespielt beleidigtem Ton.

„Verlassen Sie meine Wohnung! Auf der Stelle!!!"

Gutmann in einer künstlichen, jetzt väterlich gewordenen Tonart: „Ist schon gut. Wollte mich nur erkundigen, wie es mit der Arbeit steht. In Deutschland ist man sehr, sehr verärgert über Sie. Termine nicht einhalten! Das sollte ich Ihnen ausrichten!"

Liza stand immer noch in der Türe zum Schlafzimmer! Gutmann saß immer noch in seinem eigenen Sessel und rauchte Zigarette!

„Verschwinden Sie! Auf der Stelle! Die Zigarette AUSSS!!" brüllte er nochmals.

Gutmann grinste zu Liza hinüber, nahm einen weiteren genüsslichen Zug aus der Zigarette, schaute nochmals zu ihr hinüber, und drückte die Zigarette in einer Kaffeetasse auf dem Glasplatten-Tisch aus. „Ist ja gut, ist ja gut" wiegelte er ab und deutete zum Fernsehapparat hinüber. „Wollte mir nur die Wartezeit mit dem Film von Ihrer Ex-Freundin verkürzen."

Er war wie von Sinnen. Im Regal lag dieses alte Samurai-Schwert. So entzündet seine Augen noch immer waren, so packte er es doch zielsicher genug, riss die stählerne Klinge aus der hölzernen Scheide und ging damit langsam auf Gutmann zu, die Spitze direkt auf ihn gerichtet.

„Raus!!!" befahl er kühl und bestimmend.

Jetzt hatten seine Worte Wirkung.

„Sie werden doch nicht -? Sie werden doch -? Ist ja gut! Ich gehe schon! Sehen Sie, ich gehe ja schon!" stotterte Gutmann und sprang vom Sessel auf. Er drückte sich um den Glastisch herum und rannte, so schnell er nur konnte, zur immer noch offen stehenden Wohnungstür hinaus.

„Das hat Konsequenzen!" bellte er ihm vom Gang aus noch nach. „Das hat Konsequenzen!"

Er knallte die Wohnungstür hinter ihm zu.

Das Samuraischwert in der Hand ging er jetzt auf Liza zu, die sich in die Ecke neben der Schlafzimmertür gekauert hatte. Schweiß stand auf ihrer Stirn und verklebte die schwarzen Haarfransen. Sie wollte ihn anscheinend anlächeln, ihn beruhigen, aber ihr Mund war zu einem Strich verzogen und ihre Augen weit aufgerissen. Er richtete die stählerne Klinge direkt auf sie.

„Es ist nicht, was du denkst!" stammelte sie ängstlich.

„Schwein!!!" schrie er.

„Zufall. Es war Zufall. Er ist zufällig vorbeigekommen. Wegen des Krachs vor dem Haus hat er die Wohnung nicht mehr verlassen können. Genauso wie ich."

„Du hast es mit ihm getrieben! Du hast es mit ihm getrieben" fauchte er sie an.

Bei diesen Worten fand sie wieder zu sich zurück und setzte ein normales, ernstes Gesicht auf. Sie erhob sich aus ihrer Kauerposition, die Schwertspitze ein paar Zentimeter vor sich. Sie sah ihm still und furchtlos in die Augen.

„Ja, ich habe etwas mit ihm gehabt."

„Du hast es mit ihm getrieben! Du hast mit ihm gefickt!"

„Ja. Aber es hat keine Bedeutung gehabt. Ich liebe nur dich."

„Es hat keine Bedeutung gehabt!? Du hast mit ihm gefickt!"

Aus dem Fernsehgerät posaunte die theatralische Anfangsmelodie aus ihrem eigenen Film herüber.

Liza hatte immer noch dieses ernste, nachdenkliche Gesicht: „Vielleicht hast du recht mit diesem Hysterischen. Aber vielleicht geht es noch viel weiter. Vielleicht bin ich eine Schamanin, ohne es zu wissen. Vielleicht mache ich gerade eine Initiation zu einer Schamanin durch. Aber dann ist der Geist von dem ich besessen bin, der Geist, der sich bei mir eingenistet hat, wahrscheinlich ein schlechter, männerverderbender Geist. Trotzdem: Ich liebe dich. Glaube mir."

Er setzte jetzt die Schwertspitze direkt auf ihren Hals.

„Felix, lass den Quatsch!"

„Hexe!"

„Felix! Glaube mir! Du weißt. Du hast mir immer glauben können."

„Dir glauben! Da passt du genau hin! Du kleine miese Schlampe!!" schnaubte er und deutete auf den Fernsehapparat hinüber, wo Liza zu sehen und zu hören war, wie sie in einer mittelalterlichen Stadt eine Postkutsche besteigt.

„Felix! Komm, lass das! Das kannst du gar nicht" versuchte sie ihn zu beruhigen.

Er drückte ihr die Schwertspitze direkt auf den Kehlkopf.

„Felix!!" beschwörte sie ihn, jetzt in voller Panik.

Stumm, Hände und Rücken gegen die Wand gedrückt, die Schwertspitze auf dem Kehlkopf, rückte sie Schritt für Schritt aus der Ecke in Richtung Schlafzimmertür bis dorthin, wo das Foto von ihr an die Wand gepinnt war. Er folgte ihr genauso stumm, das Schwert zwischen ihnen, Schritt für Schritt, immer noch zum Äußersten bereit.

„Du hast es mit ihm getrieben! Du hast es auch mit Patrick, mit Neumann, oder wie sie alle heißen, getrieben!!!"

„Felix, glaube mir, nichts ist passiert. Es hat keine Bedeutung gehabt..." stammelte sie.

Aus dem Fernsehapparat konnte man wieder Lizas Stimme hören.

Da stand ihm irgendetwas im Weg. Mit dem rechten Fuß war er dagegen gestoßen. Das Tränengas brannte immer noch in seinen Augen. Er erkannte gerade noch, dass es sich um Lizas Reisetasche mit ihren Utensilien handeln musste.

Liza nutzte den winzigen Moment der Unaufmerksamkeit blitzschnell. Sie preschte durch das Zimmer in Richtung Wohnungstür. Er wirbelte herum, das Schwert in der Hand, und wollte ihr nachrennen.

So passierte es!

Er stolperte über die Reisetasche und fiel in großem Bogen mitten auf den Glasplattentisch in der Mitte der Wohnung, der in tausend Scherben unter ihm zerbarst.

Für einen Moment lang spürte er überhaupt nichts.

Dann merkte er, dass irgendetwas mit seinem rechten Schienbein war! Etwas war in seinem Bauch!

Etwas ganz Schlimmes war geschehen!!!

Durch Mark und Bein brennende Schmerzen kamen! Das rechte Schienbein! Er sah zu seinem Bauch hinunter. Das weiße Hemd war mit dunklem Blut durchtränkt. Eine lange spitze Glasscherbe steckte in seiner rechten Bauchseite.

Ungläubig und voller Entsetzen stierte er an sich hinunter. Blut quoll rund um die Scherbe im Fleisch heraus. Er schrie in Panik nach Hilfe.

„Hilfe!!!! Help meee!!!!"

Nichts. Keine Reaktion.

Nur die altbekannten Stimmen aus dem Fernseh-apparat.

Er hatte sich an der Tischkante das Schienbein zerbrochen; ein großer Glassplitter aus der unter ihm zerbrechenden Platte hatte die Bauchdecke durchstoßen.

Mit einem Mal war die schlimmste Panik weg. Er konnte wieder klare Gedanken fassen. Langsam zog er sich, auf seinem gesunden linken Bein Halt findend, zum Sessel hoch und lehnte sich weit nach hinten, um mit den ebenfalls zerschnittenen, blutverschmierten Fingern langsam und ungläubig die Glasscherbe aus der Bauch-decke herauszuziehen. Dunkles Blut quoll stoßweise aus der Wunde. Er zog das Hemd weg und versuchte, mit einem Kissen die Blutung zu stillen.

„Hilfe!!" schrie er wieder. „Hilfe!!!"

Keine Antwort. Nur die Stimmen aus dem Fernseh-apparat.

Er griff mit blutverschmierten Fingern zum weißen Telefon neben sich. Welche Notruf-Nummer hatten sie hier!? Aber was sollte er ihnen mit seinen Sprachkennt-nissen schon sagen, von Verstehen ganz zu schweigen!? Er ließ den Telefonhörer fallen.

Da hörte er diese Stimme direkt hinter seinem Ohr. Es war die von Liza.

„My God!"

Sie musste seine Hilfeschreie doch noch gehört haben

und leise und vorsichtig zurückgekehrt sein.

Er war ganz hilflos. Ungläubig starrte sie auf die überall verstreuten Glasscherben und Holzsplitter, auf ihn im Sessel und schließlich auf das Schwert am Boden. Kurzentschlossen eilte sie ins Bad, von wo sie mit dem Sanitätskasten zurückkam, und versuchte, mit einem dicken Wattebausch das herausquellende, dunkelrote Blut auf seiner weißen Haut wegzuwischen. Sie riss ihm das T-Shirt vom Oberkörper. Ihr eigenes Kleid war in kürzester Zeit blutdurchtränkt.

„Die Notrufnummer!? Was ist die Notrufnummer?" schrie sie. „Forget it!" winkte er schmerzverzerrt ab.

Sie versuchte, die Wunde mit einem großen Pflaster zuzukleben, und wickelte ihm einen dicken, weißen Verband um den Bauch. Aber schon bald durchtränkten die ersten Blutspuren wieder den weißen Verband. Jetzt nahm sie auch noch die anderen Verbands-Binden. Er stellte mühsam seinen Oberkörper im Sessel aufrecht, und sie wickelte seinen Bauch mit einem dicken Verbandmull-Gürtel ein.

Endlich blieb der Verband weiß!

Sie rannte zur Küche und kam mit einem Klebeband zurück, das sie ihm nochmals über den weißen Verband auf den Bauch wickelte. Den Rest des Verbandmulls wickelte sie notdürftig um seine Hände.

Er selbst entdeckte im Sanitätskasten das starke, morphiumhaltige Schmerzmittel, das er für alle Fälle auf seinen Reisen mitführte und griff sich daraus mit den zwei, drei nicht verbundenen Fingern zittrig ein paar Tabletten, die er sofort hinunterschluckte.

„Kannst du mir folgen?!" fragte sie ihn mit gefasster Stimme.

Er deutete stumm auf sein Schienbein hinunter.

„My Goodness!!" schrie sie, schnaufte heftig durch, blickte ihm kurz und tief in die Augen und rüttelte ihn an den Schultern - gerade so, als ob sie es sich im letzten Moment doch noch anders überlegt hätte.

Aber dann sagte sie ihm, dass sie ihm helfen wolle. Er solle jetzt hier ruhig liegen bleiben. Ganz ruhig liegen bleiben. Sie würde Hilfe holen.

Sie lief zur Tür hinaus.

Es war das letzte Mal, dass er sie gesehen hatte.

Da war noch diese andere Stimme von Liza - die vom Fernseher. So wie er da saß, war es unmöglich, nicht auf diese Stimme zu hören und nicht auf dieses Gesicht zu schauen. Der kurz vor seiner Rückkehr eingeschaltete DVD-Recorder spulte unentwegt den Spielfilm mit Liza zwei Meter vor seinen Augen ab. So schlimm die Schmerzen waren, so war es ihm doch unmöglich, nicht auf den Fernsehschirm zu schauen. Auch das Schmerzmittel zeitigte Wirkung. Immer mehr wich das Schmerzgefühl einem Fiebertraum, in dem er glasklar auf seine Geschichte mit Liza zurückblicken konnte.

Liza Gilbert alias Eliza Gilbert alias Maria de los

*Dolores Porris y Montez alias Lola Montez war gerade
in der Kutsche auf dem Weg nach Augsburg.*

*Ein schwarzer Schmetterling taumelte durch den
Raum.*

12

„Hoch lebe die Republik!!!" hallt es über einen
kopfsteinpflasternen, von dreistöckigen Bürgerhäusern
eingerahmten Platz, auf dem sich eine riesige
Menschenmenge versammelt hat. Unterhalb des Hauses,
in der Mitte des Platzes, sind in offenen Särgen drei
blutverschmierte Leichen aufgebahrt. Schwarze Zylinder
werden auf den Spitzen von Lanzen und Sensen hoch in
die Luft gereckt. Schüsse knallen aus den senkrecht nach
oben gerichteten Gewehrläufen in den blauen Himmel.
Schwarz-rot-goldene Fahnen flattern in der Luft. Männer
und Frauen, Bauern und Stadtbürger, Jung und Alt,
Zerlumpte und Gepflegte, Verwundete und Gesunde
haben die Arme hoch nach oben gerissen und schreien:
„Hoch lebe die Republik!!! Nieder mit dem König!!!!"
Lola, im Profil, hält eine Gardine zur Seite, um auf
das Schauspiel hinunterblicken zu können. Sie hat eine
Zigarette im Mund.

„Ich glaube, ich bin in einem Traum!" erregt sie sich.
„In einem Alptraum! Hier ist es genauso wie in Mün-
chen! Es ist eine Katastrophe! Wohin man auch kommt.
Überall das Gleiche!! In Frankreich und Österreich ist

Revolution. Und jetzt auch noch hier in Frankfurt!"

Während sie weiter durch das Fenster auf die Szenerie schaut, ist Beissners Stimme zu hören: „Madame, beruhigen Sie sich!"

„Wie soll ich mich beruhigen!" echauffiert sich Lola. „Was für eine Narretei! Louis Philippe soll auf dem Dampfschiff nach London gestorben sein! Der Herzog von Nemours ermordet! Guizot nach London geflohen, ohne einen einzigen Franc! Belgien hat sich zur Republik erklärt! Baron von Spessart zurückgetreten! Der Mob hat die Paläste geplündert und alles ausgeraubt!!"

„Aber Madame, niemand hat Madame erkannt. Hier im Hotel sind Sie sicher" ist wieder Beissners begütigende Stimme zu hören.

„Sicher? Was ist heute noch sicher?" wiederholt sie mit bitterem Unterton. „Ich bin eine arme bemitleidenswerte Person. Ludwig! Denk er an Ludwig! Auch er hat mich verraten! Aus München ausgewiesen und mir die Staatsbürgerschaft genommen!"

„Es ist Revolution, Madame! Die Zeit der Könige ist vorbei. Der Funke der Revolution ist auf ganz Europa übergesprungen! München war nur das Vorspiel!"

Unten auf dem Platz ist die begeisterte Menge zu sehen, wie sie einer Gruppe von vornehmen, in schwarze Fracks gekleideten Herren Platz macht, schwarz-rot-goldene Schärpen um den Bauch gewickelt. Sie gehen zielstrebig auf die in den Särgen aufgebahrten blutigen Leichen zu und verneigen sich vor ihnen.

Lola ist zu hören: „Wenn er mir nur einen Brief schicken würde - nur einen! Ich habe schon immer gewusst: Er ist von Verrätern umgeben, nichts als Verräter. Aber jetzt, wo ich nicht mehr bei ihm bin, ist er ganz verloren!"

„Verehrte Gräfin! Es wird schon alles gut werden. Vertrauen Sie mir."

Durch das Fenster ist die Menge zu sehen, in der sich die vornehmen Herren von den aufgebahrten Leichen weg auf einen Treppenaufgang zu bewegen.

Jubilieren und Johlen dringt gedämpft herauf, als Lola zu hören ist: „Gestern noch aller Wohlstand und Luxus der Welt! Freunde, die mich wirklich liebten! Heute ohne Haus, ohne Geld, ohne Freunde, ohne ein bisschen Sicherheit. Ich möchte am liebsten sterben!"

„Aber Madame! Sie haben doch mich!"

Lola, vor der zurückgeschlagenen Gardine stehend, zum Fenster hinunterschauend, sarkastisch: „Ja, ich habe ihn!"

Durch das halb von der Gardine bedeckte Fenster ist zu sehen, wie sich auf dem Treppenaufgang einer aus der Gruppe der vornehmen Herren löst, zwei Treppenstufen hinuntergeht, ein Papier aus der Tasche zieht und unter großem Gestikulieren daraus vorliest. Seine deklamierende Stimme hallt undeutlich durch die Glasscheiben hindurch bis ins Zimmer hinein.

Lola, in Schwarz gekleidet, lässt die Gardine vor dem Fenster herunterfallen, wendet sich zum Inneren des

Hotelzimmers und setzt sich vor einem aufgeklappten Sekretär. Sie drückt ihre Zigarette in einem Teller aus, kippt mit dem Oberkörper vornüber auf die Schreibplatte und deckt ihn fast völlig mit ihrem langen schwarzen Haar zu. Ein Zucken geht durch ihren Körper.

„Madame!" ertönt die begütigende Stimme Beissners.

Lola gibt keine Antwort, zuckt weiter mit dem Oberkörper intervallartig auf der Schreibplatte.

Es klopft an der Türe. Eine Flüster-Stimme ist zu hören: „Monsieur! Madame! Madame! Aufmachen! Aufmachen bitte!"

Lola richtet sich vom Sekretär auf, wischt sich die Haare aus dem Gesicht, schielt unschlüssig nach hinten und geht schließlich zur Tür.

Sie dreht den Schlüssel im Schloss. Ein dicker stämmiger Mann mit Schurz und weißer Zipfelmütze steht vor ihr und raunt: „Entschuldigen Madame! Ein fremder Herr war da. Er sagt, das da ist für sie."

Lola blickt erst mit großen verweinten Augen auf den Mann, dann auf den rotversiegelten Brief, den er in seinen Händen hält. Ohne ein Wort zu sagen, reißt sie den Brief aus seinen Händen und schließt die Tür.

Ein Strahlen geht über ihr Gesicht: „Ludwig! Er ist von Ludwig!" Mit bloßen Fingern bricht sie hastig das Siegel auf, fingert einen Brief aus dem Umschlag und faltet ihn auseinander.

Sie geht vor dem Fenster auf und ab. Während von draußen immer noch das Deklamieren des Redners, immer wieder von Applaus unterbrochen, gedämpft und unverstehbar heraufklingt, liest sie laut vor: „Meine geliebte Lola, ich, der ich Dir so stark verbunden bin, in dieser Stunde habe ich abgedankt, freiwillig, ohne daß es jemand vorgeschlagen hätte."

Sie hält den Brief vor ihren Busen und schaut tief durchschnaufend nach oben.

Dann liest sie mit heller, euphorischer Stimme weiter: „Ich habe auf die Krone verzichten können, aber nicht auf meine geliebte Lola. Mein Plan ist, zu Dir zu kommen, um in Deine Arme zu fallen und einige Zeit mit Dir zu leben. Jetzt bin ich ein von ihm selbst abgesetzter König, aber, ich hoffe, nie der deines Herzens."

Lola strahlt über das ganze Gesicht.

„Um ein Blutbad zu vermeiden, war ich gezwungen, zu erklären, dass du aus München ausgewiesen wirst und auch die Staatsbürgerschaft nicht mehr länger hast. Ich tat es im Vertrauen auf deine Liebe."

Lolas Stirn verzieht sich in Falten, sie spitzt den Mund.

„Ich will an dich Tag und Nacht denken und keine andere als meine Lola lieben. Es wird wie im Delirium sein. Sei mir treu, so wie ich dir immer treu bin - dein treuer Ludwig."

Lola drückt den Brief wieder an ihren Busen und geht damit weiter vor dem Fenster auf und ab. Kurz bleibt sie, mit dem Rücken vor dem Fenster, starr stehen. Immer noch klingt das Deklamieren des Redners leise herauf.

Sie murmelt: „Er ist mein, er ist wieder mein!"

Entschlossen setzt sie sich auf den Stuhl vor dem geöffneten Biedermeier-Sekretär, kramt Schreibpapier aus einem Fach heraus, legt sich Feder und Tinte zurecht und beginnt knarrend etwas auf das weiße Papier zu schreiben.

Sie liest das Geschriebene nochmals nach: „Mein immer geliebter Ludwig, ich habe gerade gelesen, dass du deiner Krone entsagt hast. Ich hoffe von ganzem Herzen, dass das wahr ist. Aber ich bitte dich: Komm sofort. Diese teuflischen und brutalen Revolutionäre sind bereit, alles abzuschaffen, was hoch und königlich ist. Ich bitte dich, nimm dein Geld und alle deine Wertsachen mit."

Während sie das Geschriebene noch einmal kurz überfliegt, tritt Beissner von hinten an sie heran. Er ist in ein langes weißes Nachthemd gekleidet. Die Haare fallen ihm ungekämmt vom Kopf. Er fasst von hinten mit beiden Händen Lola an die Schultern.

Sie liest weiter: „Niemand hat Geld. In Paris wird alles für nichts verkauft. Der Adel kann nicht auf die Straße gehen, ohne beleidigt zu werden. Ist das Freiheit?"

Beissner küsst währenddessen von hinten Lola auf ihr schwarzes Haar.

„Wie viel würde ich für einen Kuss von dir geben", liest sie murmelnd weiter. „Und wie bereue ich jetzt mit Tränen in den Augen, dass ich mich manchmal nicht gut und freundlich zu dir benommen habe, wie du es verdienst. Aber bei allem warst du der einzige Geliebte meines Herzens."

Beissner hat von hinten seine rechte Hand in Lolas

Decolleté geschoben. Vom Oberteil des Kleides verdeckt, ist zu sehen, wie er ihre linke Brust abtatscht. Lola bricht kurz im Vorlesen ab, hebt den Kopf zu Beissner hoch. Sie schreibt weiter und murmelt gleichzeitig, was sie geschrieben hat.

„Und wenn du zu mir kommst, wirst du eine Lola sehen, die du verdienst. Für dich werde ich die leidenschaftlichste und ergebenste aller Liebhaberinnen sein. Mein Herz…" Sie korrigiert sich und streicht das letzte Wort aus: „Nein. Mein Gewissen ist klar und rein. Die Abwesenheit ist eine große Probe auf deine Treue zu mir. Ich empfinde große Leidenschaft für dich, mein Ludwig. Adios, ich gebe dir Millionen Küsse auf deinen geliebten Mund. Bis in den Tod bleibe ich - deine Lola für das ganze Leben."

Beissner tatscht jetzt auch noch mit seiner linken Hand im Decolleté von Lola herum und küsst sie auf das schwarze Haar. Plötzlich knallt sie die Hand mit der Feder auf die Schreibplatte und befiehlt unwillig: „Später!"

Beissner nimmt gehorsam seine Hände aus Lolas Decolleté. Er geht unschlüssig einen Schritt zurück.

Sie richtet sich über dem Schreibsekretär auf, putzt mit ihren Fingern über die Rüschen des Oberteils ihres schwarzen Kleides, nimmt den Brief in ihre Hände und geht, nochmals stumm darin lesend, mehrmals vor dem Fenster auf und ab. Sie bleibt stehen.

Durch die Fensterscheibe des Hotelzimmers ist zu sehen, wie sie die Gardine zurückzieht und zum Fenster hinausschaut.

Unten auf dem Platz ist die Menge merklich kleiner geworden. Viele ziehen in die vom Platz wegführenden Gassen und Straßen. Gruppen von aufgeregt und wild Gestikulierenden bleiben zurück.

Ein paar Herren in schwarzen Anzügen nageln die Särge auf dem Platz zu.

13

Die Augenlider halb geschlossen, sieht er noch Liza auf dem Fernsehschirm, wie sie durch das Hotelzimmer-Fenster auf den Platz und auf die Särge schaut.

Er richtet seinen Blick zum Regal, auf dem immer noch der Kolkrabe sitzt.

Es ist ihm so bitterkalt geworden. Hatte er bisher den hellen Fernsehschirm mit dem Film von Liza in sich aufgesaugt, als ob er ihm ein letztes Geheimnis hätte entreißen können, so wird es immer schwärzer um ihn. Er muss die Augen schließen.

Die Krähe fixiert ihn mit halb nach unten gewandtem Kopf.

Aber das ist ihm nicht mehr so wichtig.

Soll die Zukunft ihre eigenen Wege gehen!

Er ist schon weit, ganz weit weg, als doch noch Lizas Stimme, von ganz weitem, an sein Ohr dringt: „FELIX! OH, MY GOD! FELIX!"

Nachdem sie ihn in seiner Blutlache gefunden und notdürftig verarztet hatte, war sie von Stockwerk zu Stockwerk hinuntergerannt, hatte geklingelt, geklopft, geschrieen. Sie hatte mit ihren Fäusten gegen die stählernen Appartement-Türen geschlagen. Die wenigen, die zuhause waren, sahen durch den Türspion eine blutverschmierte Westlerin, die sie in unverständlichen Lauten anbrüllte. Niemand wollte aufmachen. Ihr Schreien und Schlagen hallte vergeblich durch den menschenleeren Treppenschacht des Appartementhauses.

Sie war auf die Straße hinuntergerannt. Riot-Police und Studenten hatten sich dort wieder mit Gasgranaten und Molotov-Cocktails unter Beschuss genommen. Voller Schreck hatte sie sich erst in den Hauseingang zurückgeflüchtet, die Türe hinter sich zugeknallt. Als für einen Augenblick das Krachen und Schreien nachgelassen hatte, war sie wieder hinausgerannt, direkt auf die Polizisten zu. Blutverschmiert, wie sie war, hatte sie die nächstbeste dieser schwarzen Gestalten um Hilfe angeschrieen. Ohne eine Antwort zu geben, hatte sie der apokalyptische Reiter mit der Gasmaske in der Hektik des wiederaufflammenden Kampfes fest am Arm gepackt und nach hinten zu einem ranghöheren Polizeioffizier in Zivil gezerrt. Wieder hatte sie versucht, zu erzählen, was geschehen war - auf Englisch, deutlich und langsam, Wort für Wort. Sie hatte dabei immer wieder verzweifelt zum Appartementhaus hochgezeigt, wo Felix in seinem Blut lag.

Dann krachte es wieder, Feuersäulen schlugen rund herum hoch, Gas stand über der Straße.

Der Offizier hatte ihr etwas Unverständliches zugerufen. Sie hatte nicht mehr gewusst, was sie tun sollte. Panisch hatte sie wieder zu schreien begonnen und versucht, den Offizier zum Appartement-Haus zu ziehen. Da packten sie zwei Polizisten an den Armen und schleppten die Schreiende und Keifende zu einem der vergitterten Gefängnis-Busse der Rio-Police.

Man hatte sie dort eingesperrt.

Sie hatte keine Ahnung, wie lange sie in diesem Bus geschrieen, getobt und mit den Fäusten gegen die Stahltüren geschlagen haben mochte – während oben in seinem Appartement Felix Friedrich verblutete. Irgendwann hatte sie es aufgegeben. Sie hatte sich in eine Ecke des Busses gekauert und in der Dunkelheit der Zelle in sich hinein geschluchzt.

Mit einem Mal war die Tür aufgegangen. Ein freundlich wirkender Mann war im blendenden Tageslicht vor ihr gestanden und hatte sie in bestem Amerikanisch gefragt, was los sei. Verzweifelt und schreiend hatte sie es ihm erzählt.

Endlich hatten sie verstanden!

Zusammen mit dem Mann und ein paar Sanitätern war sie zum Appartementhaus zurückgerannt, den Lift hoch und durch die immer noch geöffnete Tür in Felix´

Zimmer.

Der Verband, den sie ihm umgewickelt gehabt hatte, ist ein blutiger Lappen. Er kann die Augen nicht mehr öffnen. Bevor die Sanitäter ihn auf die Tragebahre legen können, umarmt sie ihn: „Felix, Felix, glaube mir, ich habe dich geliebt, nur dich. Niemanden sonst auf dieser Welt!! Bleib bei mir! Verlass mich nicht!! Glaube mir, ich liebe dich!!!"

Mit Gewalt müssen die Sanitäter die Verzweifelte von Felix Friedrich trennen. Sie versuchen, die Blutung zu stillen, und tragen ihn schließlich auf der Tragebahre im Eilschritt aus dem Zimmer. Liza rennt zusammen mit ihnen hinaus und schreit immer wieder nach ihm: „FELIX!! FELIX!!! GLAUBE MIR, ICH HABE DICH NICHT BETROGEN. UND WENN!? ES HAT KEINE BEDEUTUNG GEHABT FÜR MICH. ES WAR NUR DEIN MISSTRAUEN, DEINE DUMME DUMME EIFERSUCHT! GLAUBE MIR, ICH HABE NOCH NIE JEMANDEN AUF DIESER WELT SO SEHR GELIEBT WIE ICH DICH GELIEBT HABE!!! ICH BIN NICHT LOLA MONTEZ!!!!"

Sie läuft die Treppe hinunter, den Sanitätern nach. Die Tragbahre passt nicht in den Aufzug.

„FELIX!" *schreit sie außer Atem.* „ICH LIEBE DICH DOCH SO SEHR!!!"

Felix Friedrich liegt im Krankenwagen, die Sirene heult, unter ihm der Han-Fluß.

Es ist ihm eiskalt.

Der Kolkrabe ist wieder neben ihm.

Felix Friedrich hat sich im Inneren seines Körpers in einen winzig kleinen Punkt zurückgezogen. Angst, ungeheuerliche verzweifelte Angst überfällt ihn, auch das noch zu verlieren.

Dann gehen die Angst und auch das, was von ihm noch da ist, weg.

Der Rabe packt zu und greift ihn mit seinen Krallen.

Er schwingt sich mit ihm in die Luft.

Fahl scheint von oben das Licht. Undeutlich kann er die taufrische Blumenwiese mit den vielen Obstbäumen ausmachen, auf der er als Kind gespielt hatte.

Der Vogel lässt ihn los.

Strahlend steht das hell erleuchtete Haus seiner Kindheit vor ihm. Er tritt ein.

Sein Vater sitzt an einem Tisch: „Freut mich, dass du zu meinem zweiten Geburtstag gekommen bist!" Dann korrigiert er sich: „Ach, ich bringe schon wieder alles durcheinander! Es ist nicht mein zweiter Geburtstag. Es ist mein zweiter Todestag!"